FUSION FANTASTIC STORY

무람 장편 소설

덤비지 마! 4

무람 장편 소설

초판 1쇄 찍은 날 § 2014년 2월 25일
초판 1쇄 펴낸 날 § 2014년 3월 4일

지은이 § 무람
펴낸이 § 서경석

편집부장 § 권태완
편집책임 § 박은정 · 정수경 · 이효남

펴낸곳 § 도서출판 청어람
등록번호 § 제1081-1-89호
등록일자 § 1999. 5. 31
어람번호 § 제1-1794호

주소 § 경기도 부천시 원미구 심곡2동 163-2 서경B/D 3F (우) 420-822
전화 § 032-656-4452 팩스 § 032-656-4453
http://www.chungeoram.com
E-mail § chungeorambook@daum.net

무람 장편 소설

4

떨어진 영혼

FUSION FANTASTIC STORY

도서출판 청어람

CONTENTS

제1장 왕자의 초대

상수는 왕자가 머물고 있다는 곳의 입구에 도착을 하였
는데 입구를 지키는 경비들이 그런 상수를 보며 경계의 눈
빛을 보내고 있었다.

　이들은 왕자의 신변에 조금이라도 이상이 생기지 않도록
만전을 기하고 있었기 때문에 이곳을 통과하는 모든 이를
대상으로 항상 이렇게 경계를 서고 있었다.

　"왕자님의 초대 손님이십니다."

　라이가 그 한마디를 던지니 경비들은 바로 눈빛이 달라
졌다.

"어서 오십시오. 환영합니다."

"아, 예."

상수는 갑자기 달라진 경비들의 태도에 조금 어리둥절했지만 그렇다고 그런 내색을 할 수는 없었기에 그저 간단하게 인사를 받아주었다.

라이는 그런 상수를 보며 속으로 웃었지만 겉으로는 아무런 표정을 짓지 않고 있었다.

"안에 기별을 넣어주세요."

"예, 잠시만 기다려 주십시오."

라이의 말에 선임으로 보이는 경비가 바로 대답을 하고는 안으로 들어갔다.

물론 다른 경비들은 그대로 남아 있었고 말이다.

약간의 시간이 지나자 안에서 허락이 떨어졌는지 처음 들어갔던 경비가 나오고 문이 열렸다.

"들어가시지요."

"예, 고맙습니다."

라이의 말에 상수는 대답을 하고는 당당하게 걸음을 걸어 안으로 들어갔다.

어차피 여기는 전장이었고 자신은 그런 전장의 한복판으로 가는 중이었다.

영업은 무엇보다 본인의 마음이 불안하면 절대 성공을

하지 못한다.

때문에 상수는 이 자리에 오기 전 가장 먼저 생각한 것이 있다.

왕자를 만나면 남자답고 당당한 모습을 보여주는 것이다.

탁.

상수가 안으로 들어가자 문은 자동으로 닫혔다.

안내를 받아 안으로 들어가면서 보니 이거는 정말 호화찬란한 곳이라는 생각이 절로 들게 만드는 곳이라는 생각이 들었다.

'이야… 아주 돈으로 쳐 발라서 그런지 그냥 번들거리네. 이렇게 꾸미려면… 도대체 얼마나 많은 돈이 있어야 하는 거야?'

상수가 안내된 곳은 왕자가 지내는 방이라고 하였는데 이거는 방이 아니라 무슨 별장이나 궁전 같은 규모를 가지고 있는 곳이었다.

그리고 문이 열리면 바로 왕자가 있을 것이라는 생각과는 다르게 한참을 더 걸어서 가게 되었고, 이후 문을 두 개나 더 지나쳐서야 왕자가 있는 곳에 도착할 수가 있었다.

물론 그 덕분에 상수는 걸어가면서 아주 좋은 눈요기를 하였지만 말이다.

왕자의 앞에 도착한 상수는 왕자에게 아주 정중하게 인사를 하였다.

"그동안 안녕하셨습니까. 이렇게 다시 뵙게 되니 영광입니다, 왕자님."

"하하하, 미스터 정은 언제 만나도 참 좋은 분이라는 생각을 하게 만드는 분입니다. 아무튼 우리 왕국에 오신 것을 환영합니다."

"예, 감사합니다. 왕자님."

왕자는 그런 상수의 인사에 가볍게 포옹을 해주었다.

그러면서 왕자의 입에서 나온 말이 상수를 긴장하게 만들었지만 말이다.

"많이 보고 싶었습니다, 마스터 정."

'헉! 이게 뭐야? 이… 호모 새끼가 이제 대놓고 이러는 거야?'

상수는 왕자의 말에 당황이 되었지만 이내 침착하게 왕자에게 대답을 하였다.

"하하하, 왕자님은 언제 보아도 참 유머와 재치가 넘치는 분이십니다."

상수가 큰 소리로 웃으니 왕자도 그런 상수를 따라 크게 웃었다.

"하하하, 역시… 미스터 정은 내 짐작대로 정말 재미있는 분입니다."

하지만 이는 왕자가 자신의 행동에 상수가 민감하게 반응을 보이는 것을 모르고 하는 소리였다.

상수는 순간적으로 어색해서 웃음으로 상황을 때우려고 한 것인데 왕자는 오해하고 있었다.

둘 다 자신들이 한 행동에 대해서는 생각지를 않고 상대방의 행동만 보고 있는 것 같았다.

"좋게 생각해 주셔서 감사합니다, 왕자님."

"오늘은 아주 기분이 좋은 날이네요. 미스터 정도 만나고 말입니다. 아, 그리고 여기 있는 이분들은 우리 왕국에서 가장 막강한 권력을 쥐고 있는 분들입니다. 내가 하나하나 소개해 주지요."

사실 이곳에는 왕자 말고도 처음 보는 사람들이 몇 있었기에 누구인지 궁금해하던 차였다.

그런데 왕자가 직접 소개해 주겠다고 하니 상수는 속으로 다행이라고 생각했다.

"왕자님의 은혜, 마음 깊숙이 기억하고 있겠습니다."

"하하하, 미스터 정이 그렇게 해준다고 하니 이거 은근히 기대가 되는군요."

하지만 왕자의 답변에 상수는 속으로 기겁을 하고 있었다.

'이 자식이… 기대는 무슨. 나는 호모가 아니란 말이야.'

상수는 정말 왕자가 호모라고 생각하고 있는 것 같았다.

아무튼 상수의 생각과는 달리 왕자는 사우디의 공식적인 총리였고 그가 소개를 하는 이들 역시 사우디의 실질적인 권리를 가지고 있는 관리들이었다.

"여기 이 사람이 이번 계약을 관리하고 있는 나라미 재무장관입니다."

"안녕하십니까. 저는 카베인의 정상수라고 합니다."

상수는 자신의 명함을 주머니에 넣고 있었는데 인사를 하면서는 꺼내 손에 쥐었다.

이는 인사를 하며 바로 명함을 주기 위해서였다.

"반갑습니다. 왕자님이 직접 소개를 하는 사람을 만나게 되어 영광입니다."

재무장관은 사우디의 총리이기도 한 왕자가 상수를 직접 소개하고 있어 속으로는 많이 놀라고 있었다.

지금까지는 단 한 번도 이런 일이 없었기 때문이었다.

그래서 그런지 재무장관을 비롯하여 이곳에 있는 관료들은 인사를 받으면서도 긴장을 하고 있었다.

왕자가 직접 챙기는 인물이 있다는 사실만으로도 이들에게는 가벼운 일이 아니었기 때문이다.

"하하하, 왕자님이 저를 아주 좋게 보서 그런 것입니다.

아무튼 잘 부탁드리겠습니다, 장관님."

상수는 아주 친근한 미소를 지으며 상대에게 호감을 얻으려고 하고 있었다.

그런 상수의 노력이 통했는지 나라미 장관도 상수를 보며 입가에 부드러운 미소를 지어주었다.

그때 왕자가 또 다른 이를 소개해 주었다.

"여기 이 사람은 우리 왕국의 내무부 장관이니 인사나 해두세요. 왕국에 있다 보면 자질구래한 일들과 충돌이 생기지 않게 도움을 줄 수 있을 겁니다."

왕자의 자세한 설명에 상수는 바로 인사를 하였다.

"안녕하십니까. 카베인의 정상수라고 합니다. 잘 부탁드리겠습니다."

상수는 그러면서 손에 들린 명함을 한 장 주었다.

장관은 상수의 명함을 받아 슬쩍 보았는데 직급이 이사라고 적혀 있어 조금은 놀란 눈빛을 하였다.

젊어 보이는 외모를 보아하니 이제 과장이나 잘하면 부장 정도로 보았는데 벌써 이사라는 직급을 가지고 있다는 것은 그만큼 능력이 있다는 말이었다.

내무부 장관은 왕자가 왜 직접 소개를 하는지를 이해했는지 얼굴이 부드럽게 변했다.

"만나서 반갑습니다. 우리 왕국에 머무르는 동안 문제가

생기면 언제든지 연락을 하십시오. 바로 처리해 드리도록
하겠습니다."

"하하하, 감사합니다. 이거 든든한 분을 만나게 되니 기
운이 납니다."

상수는 장관을 보며 은근히 세워주고 있었다.

그런 상수의 말에 장관도 기분이 좋은지 얼굴이 밝아졌
다.

그 외에도 상수는 왕자의 안내로 많은 인사와 인사를 하
며 얼굴을 익혔다.

그렇게 시간이 조금 지나자 왕자는 상수에게 식사를 권
하였다.

"미스터 정, 우리 식사나 하도록 하지요. 식사를 마치고
나서 재무장관과 개인적인 면담을 할 수 있게 해드리겠습
니다. 미스터 정에게 이번 건이 아주 중요한 계약일 테니
말입니다."

상수는 왕자가 하는 소리를 들으니 이거 생각 이상으로
예리한 사람이라는 것을 느낄 수가 있었다.

하기는 한 나라의 왕자이자 총리라는 사람이 흐리멍덩하
지는 않을 것이라고 보고는 있었지만 자신을 대하는 것과
공적인 일을 처리하는 것은 다른 모양인지 사태를 아주 예
리하게 판단하고 있었다.

'이거, 아주 위험한 분이네. 그냥 볼 때는 안 그러는데…
은근히 나를 주시하고 있었다는 말이잖아?'

상수는 내심 그런 생각이 들자 은근히 긴장이 되려고 하
였다.

'응?'

그때 상수의 몸에서 이상한 반응이 일어나고 있었다.

몸 안에 있는 붉은 기운이 상수가 긴장을 하자 바로 움직
이기 시작한 것이다.

그리고 그로 인한 것인지 상수는 자연스레 긴장이 풀어
지고 있었다.

"왕자님이 청하시는 식사인데 어찌 거절할 수 있겠습니
까. 저에게는 다시없을 영광입니다. 왕자님."

상수는 긴장이 풀어지자 아주 차분하게 대답을 하였다.

그런 상수를 보는 왕자의 눈에 순간적으로 아주 묘한 빛
이 스쳐 가고 있었다.

"자, 그럼 이만 자리를 정리하고 식사를 하러 가지요."

말을 마친 왕자는 본인이 직접 상수를 안내해 방을 나섰
다.

왕국의 왕자가 자신을 직접 챙겨 준다는 것이 가지는 의
미를 모르는 상수로서는 그저 왕자가 자신에게 개인적인
흥미를 가지고 있어 이런 호위를 베푸는 것으로 알고 있지

만 이는 달랐다.

평소 총리인 왕자는 철저한 능력주의자다.

그렇다 보니 능력 여부에 따라 대우가 달라진다는 것을 사우디의 관료라면 모르는 이가 없을 정도다.

왕자는 능력이 있는 인물에게는 어떠한 것이라도 줄 수가 있었고 그 사람을 자신의 사람으로 만들기 위해 정말 천문학적인 자금도 쓸 준비를 하고 있는 인물이었다.

그런 왕자가 직접 챙겨 주고 있는 인물이 바로 상수였기에 장관들도 그런 상수를 보며 절로 긴장을 하고 있었던 것이다.

막말로 상수가 자신의 자리를 차지할 수도 있었기 때문이었다.

물론 업무적으로 협조를 하라고 소개를 한 것은 알고 있지만 이들의 내면으로는 다른 생각도 들게 하고 있다는 말이었다.

그런 사실을 모르는 상수로서는 그저 너무도 친절한 호모 왕자라고 생각하고 있었지만 말이다.

*   *   *

"여깁니다."

왕자의 안내를 받아 도착한 식당은 마치 거대한 연회장을 연상케 할 정도로 공간이 컸고, 그 가운데 있는 테이블 또한 무척이나 컸다.

상수는 왕자를 마주보며 식탁에 앉았는데 이거는 거리가 너무 멀어서 식사를 제대로 할 수나 있을지 걱정이 될 정도였다.

'아니, 무슨 식탁을 이렇게 길게 만든 거지? 식사를 하면서는 말을 하지 않는 건가?'

상수가 앉은 식탁의 길이만 해도 10미터는 되어 보였기 때문에 하는 생각이었다.

상수가 의문을 느끼고 있을 때 왕자는 손바닥을 쳤다.

짝짝!

그러자 음식들이 들어오기 시작했는데 한참이나 여러 가지의 음식이 테이블을 채우고 있었다.

상수는 그런 음식들을 보면서 기겁을 하고 말았다.

'아니, 이 많은 것을 누가 다 먹으라고 차리는 거야?'

상수는 한국의 없는 집안에서 자랐기 때문에 어릴 때 듣던 먹던 음식을 남기지 말라는 말을 가훈으로 생각하고 있는 사람이었다.

그런데 지금 자신의 눈에 보이는 음식들을 보니 이거는 수십 명이 있어도 다 먹지 못할 정도의 양이 테이블 위에

차례로 차려졌다.

당연히 깜짝 놀랄 수밖에 없었다.

음식들이 모두 나왔는지 두 명의 여자가 접시에 고기와 여러 가지 야채를 담아 가지고 왔다.

"미스터 정, 어서 드세요. 입맛에 맞는 것이 없으면 언제든지 말을 하세요. 그러면 바로 새로운 음식을 준비하면 됩니다."

"예, 감사하게 먹겠습니다. 왕자님."

상수는 그렇게 대답을 하고는 자신의 앞에 있는 접시의 음식을 먹게 되었다.

그런데 음식이 생각과는 다르게 아주 맛이 있었다.

상수는 먹으면서 자신도 모르게 감탄을 하고 말았다.

"오! 맛이 아주 좋습니다. 요리사의 실력이 아주 좋은 모양입니다."

상수가 음식에 대해 칭찬을 하자 왕자는 빙그레 웃어주었다.

"하하하, 미스터 정이 그렇게 칭찬해 주니 이번 요리사는 조금 오래 있을 수가 있겠습니다."

"네? 그게 무슨 말씀이신지……."

"만약에 음식이 입맛에 들지 않았다면 아마도 오늘 중으로 나가야 했을 것인데 말입니다."

왕자의 대답에 상수는 기겁을 하고 말았다.

자신의 한마디에 한 사람의 인생이 걸려 있었다는 소리였기 때문이다.

'이거, 여기서는 최대한 말도 조심을 해야겠다. 말 한마디 잘못했다가는 나중에 총 들고 와서 죽이려고 하겠네.'

상수는 그런 생각이 들자 들뜬 기분이 사라지고 정신이 아주 차가워지고 있었다.

왕자는 그런 상수의 표정을 보며 아주 즐거운 모양인지 빙그레 웃으면서 식사를 즐겁게 하고 있었다.

제2장 새로운 계약을 따다

왕자와 식사를 마친 상수는 가볍게 티타임을 가졌다.

"미스터 정, 정말 우리 왕국으로 오지 않겠습니까? 만약 오신다고 하면 최고의 대우를 약속하겠습니다."

상수는 왕자가 지금까지와는 다르게 아주 진지한 얼굴로 말을 하였기에 바로 답변을 주지 못하고 짐시 시간을 두었다.

자신은 이미 직장이 있는데 그런 직장을 그만두고 바로 사우디로 온다는 것도 말이 되지 않는 일이었다.

"죄송합니다. 제가 지금 들어간 직장도 왕자님이 아시고 계시겠지만 얼마 되지 않은 곳입니다. 그런 직장을 그만두는 것도 그렇지만 저를 지금의 자리에 있게 해준 리처드에게 미안해 그만둘 수가 없습니다. 왕자님."

상수의 대답에 왕자는 고개만 끄덕였다.

상수의 대답에 왕자는 오히려 더욱 상수가 탐이 났다.

남자라면 당연히 저런 의리가 있어야 성공한다는 생각이 들었기 때문이다.

만약 자신에게 온다 하더라도 누군가 상수에게 좋은 제의를 한다고 해서 금방 떠날 사람이라면 차라리 없는 것이 났다는 생각을 하고 있는 왕자였다.

"미스터 정은 정말 멋진 분이십니다. 하지만 나중에 언제라도 우리 왕국에 오고 싶은 생각이 들면 바로 연락을 하세요. 나와, 우리 왕국은 언제라도 미스터 정을 환영할 것이니 말입니다."

왕자는 이 정도의 선에서 이야기를 마치는 것이 현명하다고 판단하였다.

하지만 왕자의 이런 결단이 나중에 자신에게 커다란 행운으로 다가온다는 사실을 지금은 모르고 있었다.

"저를 귀하게 생각하고 하신 말씀이신데 제가 그에 따르지 못해 정말 죄송합니다. 왕자님."

상수는 진심으로 정중하게 사과를 하였다.

그런 마음은 왕자에게도 전해지고 있어 왕자는 그런 상수를 보는 시선이 더욱 강렬하게 불타고 있었지만 이내 스스로 마음을 진정시키고 있었다.

"이거 내가 너무 오래 시간을 잡고 있었던 것 같습니다. 우선 재무장관과 이야기를 먼저 하시고 나중에 우리 술이라도 한잔하지요."

"그렇게 하겠습니다. 왕자님."

상수는 그렇게 왕자와의 대화를 마치고 바로 재무장관을 만나기 위해 이동하였다.

나라미 장관은 왕자가 상수와 식사를 한다는 소식에 조용히 상수를 기다리고 있었다.

문이 열리면서 상수가 들어오자 장관은 아주 반가운 얼굴을 하며 상수에게 물었다.

"왕자님과 식사하셨다고 들었는데 맛은 있었습니까?"

"예, 아주 음식이 훌륭했습니다. 그런 초대라면 언제라도 기꺼이 참석하고 싶은 정도였습니다."

왕자가 손님을 식사에 초대하는 의미를 상수는 모르고 있는 것 같았다.

왕자가 손님들을 식사에 초대를 하는 이유는 바로 자신의 요리사가 만든 음식을 맛있다고 하는 소리를 듣고 싶어서였다.

그만큼 실력이 있는 요리사를 데리고 있고 싶다는 욕심 때문이었다.

그 덕분에 그만둔 요리사만 해도 상당히 많았지만 오늘은 요리사가 살아남았다는 것에 장관도 안심이 되는 모양인지 속으로 한숨을 쉬었다.

"휴, 맛있게 드셨다니 다행입니다. 자, 그러면 우리 이야기를 할까요?"

식사를 하였으면 당연히 티타임을 가졌을 것이니 다른 것은 필요하지 않을 것 같아 바로 계약에 대한 이야기를 하자고 한 것이다.

상수도 그렇게 하는 것이 나쁘지 않았기에 바로 대답을 했다.

"그렇게 하시지요. 저도 가장 중요한 일이었으니 말입니다."

상수와 장관은 그로부터 무려 세 시간 동안이나 지루한 협상 시간을 가지게 되었다.

이들은 세 시간 동안 같은 이야기를 계속해서 반복했고 마침내 장관이 먼저 손을 들고 말았다.

이는 상수가 왕자의 손님이기 때문에 어느 정도는 예의로 져준 것이기도 했다.

"하하하, 제가 졌습니다. 이제 그만하지요."

"하하하, 재무장관님이 그렇게 말씀해 주시니 정말 고맙습니다. 제가 나중에는 반드시 오늘의 은혜를 보답하겠습니다."

왕자의 손님이 보답을 하겠다고 하니 나라미 장관도 은근히 기대가 되는 모양인지 얼굴이 금방 환해졌다.

"허허허, 그래요? 그러면 어디 기대해 볼까요?"

장관의 말에 상수는 조금 입맛이 썼지만 그래도 계약을 성공하였고 자신이 이미 한 말이었기 때문에 여기서 물러날 수는 없는 일이었다.

"예, 기대하십시오. 제가 약속하겠습니다. 대신 이번 계약에는 더욱 신경을 써주십시오."

"허허허, 걱정하지 마세요. 이미 계약을 하였는데 어쩌겠습니까."

장관과 계약을 하고 나서는 상수도 아주 편안한 얼굴을 하였다.

"예, 이제 계약을 하였으니 앞으로 잘 부탁드립니다. 장관님."

장관과 상수는 그렇게 계약을 마치고 헤어졌다.

상수는 혼자 남아 가만히 생각에 빠져 들었다.

쉬워도 너무 쉽다.

처음 왕자를 만나 책임자를 소개받는다 해도, 계약 성사까지는 단단히 각오를 하였다. 이렇게 왕자를 만나는 자리에서 바로 계약까지 하게 될지는 몰랐기 때문이다.

덕분에 시간도 절약되고, 여러모로 상수의 입장에서는 아주 즐거운 일이었다.

게다가 드디어 계약을 성공하였으니 본사에 돌아가면 큰소리 치게 생겼다.

이미 업무는 영업부에서 특수부로 이관이 되었으니 이번 실적은 모두 특수부가 가지게 되었기 때문이다.

'음, 이번 계약으로 본사에 가면 큰소리 좀 치겠다.'

상수는 특수부 이사였기에 자신이 맡은 부서의 실적을 자신이 챙겼으니 부서원들에게 큰소릴 칠 수 있게 되었다.

아마도 특수부에서 이번 건을 해결한 것을 알게 되면 영업부는 개망신을 당하게 될 것이고 그로 인해 부회장의 입지가 상당히 곤란해지게 될 것이다.

상수도 이제는 어느 정도 회사의 사정을 알게 되었고 회사 내에서 회장과 부회장의 파벌 다툼이 생각보다는 심하다는 것도 알았다.

상수는 그런 두 파벌을 교묘하게 이용하여 성장하려고 하고 있었고 말이다.

어차피 회사는 경쟁사회였기에 상수가 그런 생각을 하는

것이 나쁜 것은 아니다.

서로가 서로를 경쟁하는 곳이기 때문에 가장 중요한 것이 바로 실적이었고 능력이 있는 자가 모든 것을 쥘 수가 있는 곳이었다.

상수는 그렇게 조금씩 자신의 자리를 채워가고 있는 중이었다.

'그래, 이제 시작이니 천천히 가자. 급하게 가다가 저들의 이목이 집중되면 나라고 해도 감당할 수 없을지도 모르니 말이다.'

상수는 그렇게 생각하며 앞으로 회사에서 자신이 어떻게 처신할 것인지를 생각하게 되었다.

똑똑똑.

그때 노크 소리가 들렸다.

"들어오세요."

문이 열리면서 들어오는 존재는 바로 라이였다.

"일이 마무리되셨으면 제가 안내를 해드리기 위해 왔습니다."

"아, 그래요. 갑시다."

"그전에 왕자님의 당부가 있었는데 오늘 저녁에 시간이 되시면 술이나 한잔하자고 하셨습니다."

상수는 왕자가 이미 계약을 하였다는 보고를 들었을 것

이라 생각했다.

계약을 마쳤으니 자신이 돌아가게 되자 오늘 저녁에 술을 마시자고 한 것 같았다.

"그렇게 하겠다고 전해 주세요."

"알겠습니다. 저녁에도 제가 모시러 오겠습니다."

라이는 아마도 안내가 전문인 모양이었다.

상수는 그렇게 라이의 안내를 받아 다시 숙소로 돌아왔다.

방에는 두 명의 아름다운 아가씨가 초조한 모습으로 상수를 기다리고 있었다.

문을 열고 상수가 들어오자 둘은 놀란 눈을 하고 상수를 보았다.

"이사님, 어떻게 되었어요?"

"이렇게 일찍 오시는 것이… 혹시 일이 잘못되기라도 했나요?"

두 여인의 궁금한 눈빛을 보니 상수는 웃음이 나왔다.

"하하하, 아니, 그게 그렇게 궁금해요?"

"그럼요. 우리가 여기에 온 이유가 바로 그 일 때문인데 궁금하지 않을 수가 없지요."

상수는 두 여인의 궁금한 눈빛을 보며 바로 대답해 주었다.

"사우디에 온 목적은 이미 달성했습니다. 자, 여기 계약서입니다."

그러면서 품에 있던 계약서를 꺼내주었다.

"네? 계약서요?"

"……!"

캐서린과 미셸은 상수가 꺼내주는 계약서를 보고는 진심으로 놀라며 상수를 보았다.

캐서린은 상수의 손에 들린 계약서를 빠르게 낚아채고는 그 안의 내용을 살펴보기 시작했다.

"흠……."

카베인이 상당히 유리한 조건으로 계약하였기 때문에 계약서의 내용은 영업부에 가서도 큰 소리를 칠 수 있을 정도로 아주 만족할 만했다.

"어머, 정말 대단하세요. 이사님."

미셸은 상수가 계약을 체결하고, 또 그 기간마저도 이렇게 빨리 달성하니 존경의 시선으로 상수를 보며 극찬했다.

"우리 이사님은 정말 놀라운 분이세요. 도대체 못하는 것이 없는 것 같아요. 아, 이런 분과 사랑을 하는 분은 정말 행복하겠어요."

미셸은 은근히 자신의 마음을 보여주고 있었다.

그만큼 상수가 보인 능력은 이들에게는 엄청나 보였고

그런 상수에게 엄청난 매력을 느끼기 때문이었다.

계약서를 확인하고 있던 캐서린 역시 내용을 검토하고는 정말로 감격한 눈으로 상수의 품에 안겨 들었다.

"이사님! 정말 사랑해요!"

캐서린의 말은 일을 성공해서 기쁨에 찬 소리이기도 했지만 다른 한편으로는 진심으로 상수를 사랑한다는 것을 간접적으로 말하는 것이었다.

"……!"

캐서린이 과감하게 상수에게 안겨 버리자 미셸은 놀란 눈으로 캐서린과 상수를 바라보았다.

자신이 먼저 안기고 싶었는데 캐서린이 선수를 쳐 분하다는 생각을 하며 말이다.

상수는 갑자기 캐서린이 안겨오자 순간 당황하였지만 기쁘다고 안겨온 것을 밀칠 수도 없어서 그냥 우두커니 서서 안고 말았다.

캐서린은 흔히 말하는 글래머였기에 그런 캐서린의 가슴은 은근히 상수를 압박하였고 상수도 순간 눈빛이 흔들릴 정도였다.

그런 상수의 미소에 캐서린은 내심 성공을 하였다는 미소를 지었지만 미셸은 아니었다.

'캐서린… 내가 한발 늦었지만 지금이 중요한 것이 아니

에요. 나중에 두고 봐요.'

미셸은 자신이 캐서린과 비교해서 절대 꿀리지 않는 가슴과 몸매를 가지고 있다는 자신감에 눈빛이 빛이 났다.

그리고 한 가지 더.

상수가 글래머러스한 캐서린의 육탄 공세에 마음이 흔들렸다는 것에 확인한 것으로 미셸은 만족한 얼굴이었다.

이렇게 상수는 두 여인 사이에서 아주 묘한 상황이 되었지만 그래도 기분이 나쁘지 않았다.

캐서린이나 미셸이나 두 눈이 뻔쩍 뜨일 만큼 대단한 미인이다.

이런 미모의 여인들이 안겨드는데 싫어할 남자는 없을 것이기 때문이다.

'흠, 나 때문에 이러면 곤란한데? 어떻게 하지?'

상수는 지금 두 여인이 자신 때문에 경쟁하고 있다는 사실을 모르고 있을 정도로 눈치가 없지 않았다.

하지만 당장 자신에게 무슨 방법이 있는 것도 아니었고 그렇다고 개인의 감정을 가지고 뭐라고 말할 수도 없었기에 우선은 조금 더 두고 보자고 생각을 하고 말았다.

그리고 솔직히 은근히 기분이 좋기도 했고 말이다.

그래도 지금의 상황은 모면을 해야 했기에 상수는 캐서린을 품에서 떼어 내고는 입을 열었다.

"오늘 저녁에 저는 왕자님과 술 약속이 있으니 먼저 차요. 시간이 걸릴 것 같습니다."

"오늘 저녁에요?"

"예, 저녁에 이미 왕자님과 선약이 있습니다. 그러니 그렇게 아시고 계시면 됩니다."

상수의 말에 두 미녀는 눈빛이 빛나고 있었다.

사우디의 왕자가 접대를 하면 반드시 미녀들이 있다는 이야기를 들었기 때문이었다.

"이사님, 오늘 너무 늦지 않게 들어오세요. 제가 안 자고 기다리고 있을 거예요."

"예, 저도 안 자고 기다리고 있을 거예요."

두 미녀는 혹시나 하는 마음에 이런 말을 하였다.

만약 왕자와의 술자리 후 다른 미녀와 잠자리를 하고 온다면 이들은 정말 마음이 아플 것 같아서 미리 선수를 친 것이다.

상수는 그런 두 미녀를 보며 속으로 웃었지만 겉으로는 아주 태연하게 행동했다.

"하하하, 이거 우리 부서의 미녀들이 잠도 자지 않고 나를 기다려 준다고 하니 아주 기쁘네요. 최대한 빨리 돌아오도록 노력해 보겠습니다."

상수가 이렇게 장담을 하며 약속해 주니 두 미녀의 얼굴도 밝아졌다.

"호호호, 약속을 하셨으니 어기지 않을 거라고 믿겠어요."

"맞아요. 우리 이사님은 약속을 하늘처럼 지키는 분이시니 믿음이 들어요."

이거 약속을 어겼다가는 아주 나중에 좋지 않은 일이 생길 것이라는 포스를 마구 뿌리는 미녀들이었다.

상수는 그런 미녀들의 마음을 전해 받고는 좋기도 했지만 한편으로는 걱정이 되기도 했다.

'이거… 나중에 나 바람둥이로 소문나는 것 아냐?'

하지만 상수의 그런 걱정은 조금 늦은 감이 있었다.

이미 회사에서는 상수가 두 미녀를 대동하고 출장을 간 것 때문에 대단한 바람둥이라고 소문이 났기 때문이다.

제3장 왕자의 부탁

저녁 시간이 되자 상수는 캐서린과 미셸에게 이야기를 하고 왕자와의 약속을 위해 가고 있었다.

가기 전에 미녀들이 약속을 지켜달라고 하는 소리를 하며 사랑의 눈빛을 날리는 바람에 솔직히 부담이 가기는 했지만 말이다.

라이는 그런 상수를 데리고 가면서 속으로 참 재미있는 분이라는 생각을 하고 있었다.

'아름다운 미녀들이 있는데 왕자님과 술 약속을 하시는 것을 보면 제법 여자를 다룰 줄 아시는 분이네.'

라이는 왕자가 술을 마시자고 하는 말의 의미를 잘 알고 있기에 그런 생각을 하고 있었다.

왕자는 기본적으로 아무에게나 술을 마시자고 하지 않는 다.

그리고 왕자 본인이 상대방에게 술을 권하면 그 자리에 는 반드시 수많은 미녀를 대동해 술시중을 들게 한다.

그리고 그 자리에서 손님에게 선택을 받은 여인은 바로 그날 밤을 손님에게 정성을 다해 봉사를 하게 되었다.

물로 상수로서는 왕자의 그런 성향을 모르기에 라이에게 이런 오해를 하게 한 것이다.

그저 편하게 술을 마시자고 하는 것으로 알고 있으니 말 이다.

"응?"

왕자가 있는 곳에 도착한 상수는 처음과는 달리 일사천 리로 입장이 허락되자 조금은 어리둥절해하고 있었다.

라이는 그런 상수를 보며 부연 설명해 주었다.

"그냥 바로 통과를 해서 이상한 모양입니다."

"예, 그렇습니다."

"하하하, 모든 사람을 일일이 확인하지는 않습니다. 아무 리 왕자님의 안전이 중요하다지만 그래서는 너무 번거롭지 요."

"그래도 아까는……."

"아까는 신분이 확인되지 않아서 그랬지만 지금은 이미 신분을 확인하였기 때문에 더 이상은 검문을 하지 않아도 된다고 해서 그냥 바로 오시게 된 겁니다."

라이의 설명에 상수는 그제야 이해를 할 수 있었다.

왕자의 안전을 생각하여 처음에는 철저하게 검사를 하여 상대의 신분을 확인하지만 신분이 확인이 되고 나면 이렇게 편하게 갈 수가 있는 것이다.

하지만 상수가 잘못 알고 있는 것이 있었다.

다른 이들이었다면 다시 온다고 해도 처음과 똑같은 검문을 받아야 한다는 것이다.

상수는 왕자가 특별하게 생각하는 존재이고 또 라이가 이야기하지 않았지만 사전에 방문 공지가 되어 있었기 때문에 이런 대접을 받는 것이다.

물론 상수는 그런 사실을 모르고 라이를 따라온 것이다.

라이를 따라 별궁과 같은 내부를 지나 왕자가 있는 방으로 갔다.

끼이익.

상수가 도착하자 거대한 문이 열리면서 안의 풍경이 보였는데 눈으로 보아도 황홀할 정도의 광경이 펼쳐져 있었다.

"……!"

방 안에는 상당히 많은 미녀가 반라로 왕자의 시중을 들고 있었기 때문이다.

'헉! 하렘, 하렘하더니……. 그 말이 여기서 나온 것이네. 죽인다.'

상수는 속으로 정말 깜짝 놀라고 있었지만 겉으로는 그런 내색을 하지 않았다.

왕자는 상수가 도착하자 크게 웃으면서 반겨 주었다.

"하하하, 어서 오시오. 미스터 정."

"예, 왕자님. 왕자님의 행복한 모습을 보니 저도 아주 기분이 좋습니다."

"호오, 미스터 정도 이런 것을 즐기시오?"

상수는 왕자가 흥미롭다는 눈빛을 하며 묻자 좋아한다고 했다가는 오늘 무슨 일을 당할지가 두려웠다.

"아, 아니… 즐기는 것은 아니지만 왕자님이 즐거워하시는 것을 보니 행복해 보여서 하는 말입니다. 그리고 솔직히 저는 가진 것이 없습니다. 그러니 하고 싶다고 해서 할 수 있는 것이 아니지요."

"오, 그러면 오늘은 미스터 정도 마음껏 즐기게 해주겠소. 자, 이리로 오시오. 가서 모셔라."

"예, 왕자님."

왕자는 상수를 자신이 있는 옆자리로 불렀고 옆에 있는 반라의 미녀들은 아주 흥미롭다는 눈빛을 하며 상수에게 다가갔다.

"……!"

두 명의 미녀가 와서 상수의 팔을 양쪽에서 잡고 가슴을 기대며 이동하자 상수의 팔에서는 그 보드라움이 그대로 전해지고 있었다.

상수는 몸이 반응하려고 하자 빠르게 운기를 하였다.

그러자 몸에서는 붉은 혈기들이 상수의 몸을 다시 차갑게 해주었다.

홍분을 하지 못하게 하려는 것인지 아닌지는 모르지만 상수는 몸이 진정을 하자 조금 안심이 되었다.

그래도 아직 그 보드라운 감촉이 사라진 것은 아니었기에 얼굴에는 곤혹스러움이 사라지지 않았다.

"하하하."

그런 상수의 표정을 왕자는 아주 유심히 살펴보고 있었기에 웃음을 터뜨렸다.

왕자가 이렇게 소리를 내며 웃는 것은 만족했을 때나 하는 것으로 아주 드문 경우였다.

"미스터 정은 오늘 나하고 술을 마시기로 약속을 했으니 이런 분위기도 배워야 할 겁니다."

"아, 예. 알겠습니다. 그런데 조금 어색하기는 합니다. 왕자님."

상수는 왕자 앞에 앉게 되었는데 왕자는 그런 상수에게 잔을 건네주었다.

"자, 우선 가볍게 한 잔 합시다."

"예, 감사합니다. 왕자님."

술이라면 상수 역시 자신이 있었기에 잔을 바로 받았다.

왕자는 상수의 잔에 천천히 술을 따라 주었다.

"……!"

그런데 왕자가 잔에 술을 따르면서 다른 손으로 무언가를 상수에게 전해 주었다.

아마도 누구에게도 보이지 않게 하려는 것으로 보였다.

상수는 왕자의 그런 행동에 순간 의문이 들었지만 우선은 아무런 내색하지 않고 은밀히 받았다.

상수의 자연스러운 행동에 왕자도 눈이 빛날 정도로 말이다.

상수는 내기를 운영하여 아무도 모르게 왕자의 손에 있는 쪽지를 자신의 품에 넣었다.

그러면서 겉으로는 아무런 내색을 하지 않았다.

심지어는 바로 옆에서 팔짱을 끼고 시중을 들고 있던 미녀들도 아무도 기척을 느끼지 못했다.

"자, 우리 시원하게 마셔 봅시다. 미스터 정."

"예, 알겠습니다. 그런데 제가 여자는 몰라도 술은 조금 마십니다. 왕자님."

그러면서 상수는 잔에 있는 술을 단번에 마셔 버렸다.

상수가 술을 아주 시원하게 마시는 모습에 왕자의 옆에 있는 미녀의 눈이 묘한 빛을 그렸다.

상수가 술을 마시자 몸에서 아주 묘한 현상이 벌어지고 있었다.

술에 무엇이 들어 있었는지는 모르지만 상수의 몸에 들어가자 바로 상수의 몸에 숨어 있던 붉은 기운이 술에 있던 기운을 흡수해 버리는 것이 아닌가?

어떤 기운인지는 모르지만 붉은 기운이 그대로 먹어 버리는 것이었다.

그리고 붉은 기운은 전과는 조금 다르게 기운이 더욱 강해지기 시작했다.

'응? 술 속에 무언가 있는 모양인데 뭐지? 내 기운이 더 강해진 것 같은데 말이야?'

상수는 자신의 몸에 일어난 변화인지라 금방 느끼고 있었다.

술 속에 있던 기운이 무엇인지는 모르지만 몸에서 일어난 변화로 보아 상수에게는 도움이 되는 기운인 모양이었다.

잠시 운기해 보아도 아무런 이상이 없자 상수는 그렇게 생각했다.

상수가 잔을 시원하게 비우자 왕자는 그런 상수의 잔에 다시 술을 따라 주었다.

"자, 여기 한 잔 더 받으시오. 오늘 우리 거하게 마셔 봅시다."

"저야 술이라면 항상 감사합니다. 왕자님."

상수는 왕자는 주는 술을 계속해서 시원하게 마셨지만 취하지는 않았다.

그렇게 계속해서 마시자 옆에 있던 미녀는 놀라는 눈빛을 하고 있었다.

처음 첫 잔을 제외하고 상수의 술은 왕자가 아닌 미녀들이 따라주고 있었다.

물론 미녀들의 시중을 받으니 상수도 기분이 나쁘지는 않았다.

술을 마시는 동안 한 명은 빈 잔에 술을 따라주고, 또 한 명은 안주를, 그리고 등 뒤의 미녀들이 안마해 주고 있으니 상수로서는 천국이 따로 없었다.

그리고 가끔 미녀가 자신의 가슴을 지긋이 눌러주니 이거는 아주 미칠 것만 같았지만 그래도 기분은 나쁘지 않게 술을 마실 수가 있었다.

한참의 시간 동안 그렇게 술을 마셔도 상수가 변하는 모습이 아니기 때문에 왕자도 놀랐고 그 옆에 있는 미녀도 놀랐다.

"호호호, 왕자님 이분은 제가 지금까지 보아온 어느 분보다 술을 잘 드시는 것 같은데 지금보다 더 특별하고 좋은 술을 드려야 할 것 같습니다."

"하하하, 그러면 가지고 오너라. 특별한 술이라고 하니 나도 궁금해지는구나."

"예, 분부 받자옵니다."

미녀는 왕자의 허락에 일어서서 궁둥이를 흔들며 사라졌다.

"미스터 정, 술을 너무 마시는 것이 아니오?"

왕자는 상수가 술을 잘 마시는 것은 좋지만 너무 무리하는 것은 아닌가 하는 마음에 물었다.

"하하하, 아닙니다. 술은 아직 시작도 하지 않았으니 걱정하지 마십시오. 왕자님."

"호, 그렇다면 괜찮지만……. 그나저나 정말 대단하오. 내 지금까지 살면서 이렇게 술을 잘 마시는 사람은 미스터 정이 처음이오."

상수의 말하는 모습에서 전혀 취기를 느낄 수 없자 왕자는 상수의 말대로 아직 술에 취하지 않았다는 것을 느끼게 되었다.

그러면서 속으로 상당히 놀라고 있었다.

'대단한 사람이다. 분명히 술 안에는 약이 들었다고 들었는데 약을 먹고도 저렇게 버틸 수 있는 체력을 가지고 있으니 말이다.'

왕자는 상수에게 무언가 은밀히 전한 쪽지가 있었지만 그에 대한 이야기는 하지 않았다.

상수에게 그런 쪽지를 준 이유가 분명히 있을 것이지만 이런 자리에서도 조심을 하는 것을 보면 다른 이유가 있을 것이라고 생각하는 상수였다.

'왕자님이 이런 쪽지를 주는 이유는 따로 있겠지. 나중에 알아보면 알겠지.'

상수는 그렇게 생각하고 있었다.

그리고 술에 있던 이상한 기운은 자신에게는 아무런 영향을 주지 않기 때문에 그냥 편하게 마실 수가 있었다.

이번에 새로 술을 가지고 온다고 하니 이번에는 어떤 것이 들었을지 은근히 기대가 되는 상수였다.

아까 마신 술에는 이상하게 자신의 몸이 더 강해지는 기분이 들었기에 이제는 기대를 하고 있는 중이었다.

그렇게 왕자와 상수가 대화를 나누고 있을 때 방을 나갔던 미녀가 들어왔다.

미녀의 손에는 쟁반이 들려 있었는데 그 위에는 아주 요상하게 생긴 것들이 있었다.

마치 아라비안나이트에 나오는 전설의 램프처럼 보였다.

"호호호, 오늘은 왕자님의 특별한 손님이 오셨으니 아주 아주 귀하고 특별한 술을 가지고 왔습니다."

미녀는 그렇게 말을 하며 상수에게 다가왔다.

그리고는 램프에 들은 술을 상수의 잔에 가득히 따라 주었다.

상수는 미녀가 따라 주는 술이라 아주 기분 좋게 받았다.

"아, 이거 미녀가 따라 주는 술이니 더욱 맛이 있을 것 같습니다. 왕자님."

주욱!

상수는 가볍게 한 잔을 마셔 버렸다.

이번 술은 입안에 향긋한 향이 퍼지며 은은한 향을 느끼게 하고 있어 상당히 맛깔스러운 술이었다.

물론 이번 술에도 무언가가 들어 있었지만 상수의 몸에서는 그 기운을 바로 잡아먹어 버려 상수에게는 아무런 해를 주지 않았다.

상수는 기분 좋은 미소를 지어주었다.

"왕자님 이번 술은 정말 특별한 것 같습니다. 술을 마신 다음에도 은은한 향이 입안에 가득 남는 것이 이런 술은 저도 처음입니다.”

상수는 새로운 술을 소감을 왕자에게 말했다.

칭찬 일색이었지만 술을 따라 준 미녀는 그런 상수를 보며 알 수 없는 눈빛을 하고 있었다.

“하하하, 역시 미스터 정이 술맛을 아는 겁니다.”

왕자는 이번 술에 무언가 수작을 부렸다고 생각했는데 상수가 아무런 내색을 하지 않자 이제는 상수에게 자신이 모르는 무언가가 있다는 것을 느낄 수 있었다.

그렇게 되자 왕자는 아주 편한 마음으로 상수에게 말하고 있었다.

사실 지금 이 자리는 왕자에게 아주 중요한 자리였다.

그간 왕자는 자신의 측근들이 알 수 없는 이유로 죽어나가는 바람에 그 원인에 대해서 은밀히 조사를 하고 있었다.

하지만 여전히 누구의 짓인지 알 수 없어 골머리를 안고 있던 차였다.

그러던 차에 상수를 통해서 외부의 조력을 얻을까 하여 이런 자리를 만든 것이었다.

그런데 분명 상수에게도 무슨 수작을 벌였을 게 분명한데 이상하게 상수에게는 아무런 반응이 나타나지 않았기에 무언가 이상한 느낌을 받고 있었다.

“이런 술이라면 얼마든지 마실 수가 있을 것 같습니다.

왕자님."

상수의 말에 미녀는 왕자를 바라보았다.

그러자 왕자의 고개가 끄덕였다.

미녀는 화사하게 웃으면서 상수의 잔에 술을 따라 주었다.

상수는 술을 마시면서 아주 기분이 좋았다.

하지만 상수는 그러면서 주변을 살피는 것을 잊지 않고 있었다.

이미 술에 누군가 장난을 쳤다는 사실을 아는 데 그냥 지나칠 수는 없는 일이었다.

상수는 술을 마시면서 아주 즐거운 연기를 하였고, 이상을 느낀 그 순간부터 주변을 살폈다.

그리고 이번 술을 마시면서 자신에게 술을 따라 주는 여자가 가장 의심스러웠다.

은밀히 자신의 모습을 살피는 여자의 모습에서 무언가 숨기는 것이 있다고 느꼈기 때문이다.

"호호호, 술을 정말 잘 드시네요. 한 잔 더 드려요?"

"좋지요. 이런 귀한 술을 남기는 것은 죄악입니다."

상수는 그렇게 말을 하고는 여자를 살펴보았다.

여자는 표정 관리를 했을지 모르지만 상수가 연석으로 술을 마셔도 아무런 이상이 없자 눈빛이 묘하게 변하고 있었다.

일단 술을 따르는 여자가 의심스러웠지만 아직 확실한 건 아무것도 없었다.

더구나 왕자의 앞에서 의구심만으로 왕자의 여자를 추궁할 수는 없는 일 아닌가.

그렇게 상수는 여자가 주는 술을 모두 마시게 되었고 왕자 역시 그런 상수를 보고만 있었다.

역시나 계속해서 술을 마시는 상수를 보며 여자는 이상한 눈빛을 하고 있었는데 확실히 믿을 수 없다는 그런 눈빛이었다.

상수는 당장 여자를 조사하고 싶었지만 우선은 왕자가 있으니 참기로 했다.

"왕자님, 오늘 정말 고마운 술들을 대접 받았습니다."

새로 가지고 온 술도 동이 나자 상수는 그만 자리를 파하고 싶어 입을 열었다.

왕자가 아무 언질도 없이 준 쪽지를 확인하는 것이 급했기 때문이었다.

왕자도 눈치는 있기에 상수가 그러는 이유를 알고 있었다.

"하하하, 미스터 정이 지금 방에서 기다리고 있는 미녀들 때문에 그런 모양입니다."

상수를 따라온 미녀가 둘이나 있다는 사실은 이미 궁 안에 퍼져 있어서 이곳에 있는 미녀들도 잘 알고 있는 사실이었다.

　"죄송합니다. 저를 기다리고 있는데 너무 기다리게 하는 것도 신사가 아니지 않습니까. 왕자님."

　"하하하, 그렇지요. 오늘은 이만하면 적당하게 마셨으니 그만하고 그만 돌아가세요."

　상수는 왕자의 허락을 받고 바로 자리를 일어났다.

제4장 영혼의 약

오늘 파티는 왕자가 은밀히 준비한 것으로 보였지만 무언가 이상한 느낌을 받았다.

상수는 라이를 따라 다시 돌아왔고 방에는 아직도 자지 않고 상수가 오기를 기다리고 있는 두 미녀가 상수를 보며 인사를 하고 있었다.

"어머 이사님 일찍 오셨네요?"

"하하하, 기다린다고 그렇게 엄포를 했는데 어떻게 오래 있을 수가 있겠습니까. 그래서 되도록 빨리 오려고 노력을 많이 했습니다."

상수의 대답에 두 미녀는 얼굴이 화사하게 변하고 있었
다.

상수가 조금은 자신들에게 마음이 있다는 생각이 들어서
였다.

하지만 상수는 그런 두 미녀의 반응이 중요한 것이 아니
었다.

지금은 왕자가 자신에게 준 쪽지에 도대체 무엇이라고
적혀 있는지를 알아보는 것이 가장 중요한 일이었다.

"이사님 정말 잘하셨어요."

"그래요, 우리 이사님은 이제 몸도 생각하셔야지요."

캐서린과 미셸은 상수를 보며 잘했다고 난리였다.

그런 두 미녀를 보는 상수는 어이가 없는 얼굴이 되고 말
았지만 말이다.

"오늘은 저도 술을 마셔서 그런지 피곤하니 일찍 자고 내
일 만나요."

상수의 말에 둘은 바로 상냥하게 대답을 했다.

"예, 이사님. 그럼 편히 쉬세요."

"이사님, 어서 들어가서 쉬세요."

둘의 인사를 받으며 상수는 방으로 들어갔다.

그리고 바로 주변에 누군가가 있는지를 확인하였다.

상수는 내기에 아무것도 반응하지 않는 것을 확인하였지

만 혹시 감시 카메라가 있을지도 모르기 때문에 욕실로 들어갔다.

그런 상수의 손에는 왕자가 전해준 쪽지가 들려 있었다.

설마 욕실에는 카메라를 설치하지 않았을 것이라는 생각이 들어서였다.

그래도 안전이 우선이라 상수는 욕실 안에 들어가서 내기를 이용하여 이상한 곳이 있는지를 먼저 확인을 하였다.

다행이 욕실에는 카메라가 없는지 다른 것이 느껴지지가 않았다.

상수는 바로 왕자가 준 쪽지를 살펴보았다.

그 안에는 왕자의 메시지가 들어 있었는데 그 내용이 조금 이상하게 느껴졌다.

미스터 정, 도움이 필요합니다.

누군가 나를 노리고 있는데 그자를 잡기는커녕 정체조차 파악하지 못하고 있습니다.

미스터 정의 도움이 간절히 필요합니다.

자신이 무엇이라고 이런 도움을 청하는지 이해가 가지

않는 상수였다.

물론 자신에게는 힘이 있다.

하지만 자신에게 이런 묘한 힘이 있다는 사실을 왕자는 모르고 있었다.

그런데 어떻게 자신에게 이런 도움을 요청할 수가 있는지 말이다.

그러면서 한편으로는 왕자가 얼마나 도움이 급하면 다른 이들에게는 말하지 않고 자신에게 도움을 요청하는 것인지가 궁금해졌다.

어차피 계약이야 마쳤으니 시간이 남았기에 왕자의 부탁을 어떻게 해야 할지를 고민하게 되었다.

'흠, 앞으로 사우디의 도움을 받아야 하는 것은 사실이고… 그렇다면 왕자의 부탁을 거절할 수는 없는 일이니 그냥 받아 드리는 것이 좋지 않을까?'

그러면서 또 다른 생각이 들기도 했다.

다른 이도 아니고 사우디의 실세인 총리이자 왕자가 도움을 요청하는 일이다.

상황이 의외로 상당히 심각할지도 모른다는 생각이 들어서였다.

자신의 힘으로 그런 것을 해결할 수가 있을지도 모르는데 과연 받아들여서 해가 되지 않을까 하는 생각이었다.

상수는 오늘 술을 마시면서 술에 무언가 이상한 기운이 있다는 것을 알고 있었다.

하지만 그 기운이 왕자를 독살을 하려는 것은 아니라는 생각이 들었다.

자신이 마신 술에는 이상한 기운이기는 했지만 독은 아니었기 때문이었다.

"도대체 술에 탄 것이 무엇일까? 그리고 왕자가 이런 쪽지를 나에게 준 이유도 궁금하게 만들고 말이야."

*　　　*　　　*

상수가 그런 고민을 하고 있을 때 왕자의 시중을 들었던 미녀는 지금 엄청 화를 내고 있었다.

"아니, 술에 약을 탄 게 확실한 거야?"

"확실합니다. 제가 여러 번 확인하였습니다."

"그런데! 그런데 왜 그자는 아무런 반응이 없는 거야!"

"그게……."

그 말에는 남자도 아무런 대답을 하지 못하고 있었다.

자신들도 이해가 가지 않아서였다.

"그자는 지금 왕자가 무척 중요하게 생각하고 있는 사람인데 일을 이렇게 처리하면 어떻게 해!"

남자는 여자의 말에 대답을 하지 못했다.

분명히 약을 타서 술을 주었는데 아무런 이상이 없었기 때문이었다.

그것도 한두 잔도 아니라 몇 병이나 마셨다.

절대 일어날 수가 없는 일인 것이다.

"차라리 암살을 해버리는 것이 어떠십니까?"

"암살은 절대 안 되는 것 알잖아."

무슨 이유에서인지 모르지만 이들은 직접적인 암살을 꺼리고 있었다.

"그냥 왕자를 직접 처리하면 더 편할 텐데 이러는 이유를 모르겠습니다."

"그만! 우리는 상부의 지시에만 따르면 되니 다른 소리는 하지 말고 그 남자에 대해 더 알아보고 보고를 해. 약이 통하지 않은 이도 있다는 것이 나는 더 신기하게 생각이 드니 말이야."

여자는 상수에게 약이 통하지 않는 것이 신기하였는지 눈빛이 조금 묘하게 변해 있었다.

이들은 상수에 대해 조사하기 시작하였지만 그렇다고 상수에게 다른 특별한 것이 나오지는 않았다.

                    *   *   *

이튿날.

상수는 왕자를 다시 만나기 위해 라이를 찾았다.

하지만 라이는 왕자가 다른 일이 있어 지금 당장은 만날 수가 없다고 하였다.

"흠, 왕자님과 약속이 없는데 어떻게 해야 만날 수가 있을까?"

상수는 한참을 생각하다가 자신에게 왕자에게 받은 명함이 있다는 생각이 났다.

딱!

'이런 멍청한 놈 전화를 걸면 되잖아?'

상수는 자신이 아직 이런 일에는 많이 미숙하다는 생각이 들었다.

아직 익숙하지 않아서 그런지 바로 바로 생각이 나지 않았기 때문이다.

상수는 핸드폰을 꺼내 전화를 걸었다.

명함에 있던 번호는 왕자의 개인 번호로 직통으로 연결이 되는 라인이었기 때문이었다.

드드드드.

—여보세요? 미스터 정?

"예, 접니다. 통화가 가능하세요? 왕자님."

상수가 이런 말을 하는 이유는 왕자가 지금 어디에 있는 지를 몰라서였다.

─잠시만 기다려 주세요. 끊지 마시고요.

"알겠습니다. 왕자님."

잠시의 시간이 지나자 왕자의 음성이 들렸다.

─아, 이제 되었습니다. 어제 제가 준 쪽지 때문에 전화 하신 거지요?

"그렇습니다. 쪽지를 보고 아직도 이해가 가지 않아 왕자 님께 직접 해명을 듣고자 전화드렸습니다."

─하하하. 저도 미스터 정이 전화하기만 기다리고 있었 습니다. 잘하셨습니다.

상수는 왕자가 그런 쪽지를 준 이유가 바로 연락을 해주 기를 바라고 한 행동이라는 것을 확실하게 알 수가 있었 다.

자신이 모르는 무언가가 지금 이 왕국에서는 벌어지고 있다는 생각이 강하게 드는 상수였다.

"왕자님, 그러면 이제 제가 이해할 수 있는 답변을 들려 주셨으면 합니다."

─음, 잠시만요. 머리를 좀 정리해야 할 것 같군요.

왕자는 잠시의 시간을 두고 무언가를 생각하더니 천천히 입을 열기 시작했다.

사우디 왕국의 왕자들은 지금 자신과 대화를 나누고 있는 왕자를 빼고 모두 일곱이 있다.

　물론 더 많이 있지만 권력을 가질 수 있는 서열을 말하는 것이다.

　물론 지금 아브라 왕자가 계승서열 일 위의 왕자였기에 왕국의 총리를 맡고 있지만 작년부터인가 왕자의 주변에 계속해서 사고가 생기는 것에 왕자는 내심 불안감을 느끼고 있었다.

　자신이 누군가를 총애하면 이상하게 사고를 당해 죽는 일이 생겼기 때문이었다.

　아직은 내부적으로 단속을 하고 있어 문제가 생기지는 않았다.

　하지만 이대로 이런 일이 계속 생기면 왕자의 체면이 말이 되지 않게 망가질 수도 있었기 때문이었다.

　'그럼… 그 기운도……?'

　상수는 왕자의 이야기를 듣다가 총애를 하면 죽는다는 소리에 자신이 이상한 기운을 느낀 것이 생각났다.

　왕자가 자신을 총애한다고 생각하고 자신을 죽이려고 한 것을 알게 된 것이다.

　'아니, 그럼 그 이상한 기운은 나를 죽이려고 한 것이란 말이잖아? 이런 빌어먹을 호모새끼가 그런 상황에서 나를

이용하고 있었던 거네?'

상수는 왕자가 하는 이야기만 듣고도 지금의 상황을 충분히 짐작을 할 수가 있었다.

하지만 지금 말을 듣고 새롭게 떠오르는 의문도 있었다.

'흠, 그래도 분명 나한테 해가 되는 기운은 아니었는데… 이게 어떻게 되는 거지…….'

하지만 어찌 되었든, 결국 자신은 왕자에게 이용당했다는 생각이 들자 지금까지 가지고 있던 왕자에 대한 호감이 사라져 버렸다.

그렇게 왕자가 하는 이야기를 모두 들은 상수는 지금 왕자를 노리는 무리들이 왜 주변이 인물들을 먼저 죽이는지를 알 수가 있을 것 같았다.

왕자의 주변 사람들을 계속해서 죽으면 아무래도 왕자에게 충성을 하려는 이들이 꺼리게 될 것이고 그로 인해 왕자는 서서히 고립이 될 것이다.

그러면 누군지는 모르지만 그런 일을 지시한 놈은 자연스럽게 권력을 차지할 수가 있을 것이기 때문이었다.

그리고 한 가지 더.

자신을 왕자가 이용하려고 하였다는 것에 상수는 기분이 상해 버렸다.

"왕자님의 말씀은 잘 들었습니다. 그렇다면 이번 일은 왕국의 권력 싸움이라고 판단이 되는데 아닌가요?"

상수의 직접적인 말에 왕자는 본인도 모르게 신음을 흘리고 말았다.

"으음, 지금 미스터 정의 기분이 나쁠 것은 알고 있지만 나는 누구를 믿어야 할지를 아직 모르기 때문에 미스터 정을 시험한 것입니다. 그 점에 대해서는 정말 미안하게 생각합니다. 나를 좀 도와줄 수는 없겠습니까? 나는 미스터 정에게 특별한 능력이 있다고 생각하고 있으니 말입니다. 어제 마신 술에는 사막민족에게만 전해지는 특별한 약이 들었는데 그 약을 드시고도 아무런 반응을 보이지 않았으니 아마도 놈들은 더욱 미스터 정을 죽이려고 할 것입니다."

상수는 사실 어제 그 약에 대해 궁금했지만 묻지 않았는데 왕자가 먼저 입을 열자 상수는 바로 물었다.

"도대체 그 약은 무엇입니까?"

"우리 사막민족에게 대대로 비밀리에 전해져 오는 약으로 그 약을 마시게 되면 정신이 혼미해져 죽음을 부른다고 하여 영혼의 약이라고 합니다. 물론 독이 아니기 때문에 죽은 시체를 검사하여도 독의 성분이 나오지 않습니다."

상수는 어제 자신이 마신 술에 참으로 엄청난 것이 들어가 있었다는 것을 알게 되었고 기분이 나빠졌다.

자기가 이곳에 와서 계약한 것을 빼고는 사우디 왕국에 아무런 해를 입히지 않았는데 감히 자신을 해치려고 하였다는 것에 열이 받았다.

그리고 왕자의 말에 진정성이 보이자 어느덧 왕자의 입장도 이해가 갔다.

주변에 믿을 수 있는 이들이 없다는 것은 결국 왕자가 지금 서서히 고립이 되고 있다는 의미였기 때문이었다.

"왕자님은 제가 어떻게 해주기를 바라십니까?"

"나는 나를 이렇게 만든 놈들을 그냥 둘 생각이 없습니다. 하지만 아직 저들의 정체를 알지 못해 움직이지 못하고 있습니다. 그래서 미스터 정이 저들의 정체를 밝혀 주었으면 합니다. 나에게도 비밀스러운 세력이 있습니다."

하기는 왕국의 왕자이니 최소한의 힘은 가지고 있을 것이라는 생각이 들기는 했다.

"그러면 그 배후를 알고 싶은 것이 아니라 지금 놈들의 정체만 알면 되는 겁니까?"

"배후를 알면 더 좋지만 거기까지는 바라지도 않습니다. 우선은 놈들의 정체를 먼저 확인하면 놈들을 잡아들여 배후를 알아내는 것은 내가 하겠습니다."

상수는 왕자가 생각보다는 일처리를 어설프게 한다는 생각했다.

"왕자님, 제가 개입을 하게 되면 저에게 어떤 권한을 주실 수가 있습니까?"

상수로서는 왕자에게 자신이 개입을 하면 놈들을 잡아들일 수 있는 권한을 달라고 하는 소리였다.

왕자도 바보가 아니기에 상수가 지금 자신에게 도움을 주겠다고 하는 것을 못 알아들을 정도는 아니었다.

"만약 미스터 정이 도움을 주겠다고 하면 왕궁의 인물들을 조사할 수 있는 권한을 주겠습니다. 그 대상에는 왕족을 빼고는 누구도 예외가 없습니다."

그 정도면 충분하다고 생각이 드는 상수였다.

이미 의심을 하고 있는 상대가 있었기 때문에 범인들을 잡는 것은 그리 어려운 일이 아니었기 때문이다.

"알겠습니다. 그러면 지금 당장 그렇게 조치를 취해 주십시오. 그리고 왕궁을 자유롭게 다닐 수 있는 자격도 함께 주십시오. 저를 수행할 인물들도 마찬가지입니다. 범인들을 잡으면 데리고 가야 하니 말입니다."

"미스터 정, 혹시 이미 누군지를 알고 있는 겁니까?"

"아직은 확신할 수 없지만 대충 의심이 가는 인물이 있기는 합니다. 우선 그 대상을 먼저 조사해 보려고 합니다."

"벌써……."

상수의 대답에 왕자는 놀라는 눈빛을 하고 있었다.

자신은 지금의 상황을 눈치챈 지 벌써 6개월의 시간이 되었지만 아직도 윤곽을 잡지 못하고 있었는데 상수는 이곳에 온 지 이제 이틀밖에 되지 않았는데 벌써 놈들에게 대한 윤곽을 잡고 있는 것으로 보였기 때문이다.

"그러면 우리 왕국의 비밀경찰을 먼저 보내드리겠습니다. 물론 신분증과 함께 말이지요."

"알겠습니다. 오면 바로 움직이도록 하겠습니다. 왕자님."

상수의 대답에 왕자는 아주 가슴이 뻥 뚫리는 기분이 되었다.

그동안 참으로 답답했는데 상수와 대화를 하고 나니 가슴이 시원해졌기 때문이었다.

제5장 사건의 해결

왕자가 보내준 비밀경찰들은 바로 상수를 찾아왔다.

상수는 두 미녀에게 전후사정을 설명해 줄 수가 없었기에 대충 왕자의 부탁을 들어주어야 한다는 말만 하게 되었다.

"왕자님이 하시는 부탁이라 하지 않을 수가 없으니 이해를 해줘요."

"이사님, 부슨 부탁인데 그러세요?"

"저희는 여기 손님이지 부탁을 들어주기 위해 온 것이 아니잖아요."

"캐서린, 미셸, 내 이야기 잘 들어요. 우리는 여기 손님이지만 왕자는 저에게 친구이기도 해요. 한국 남자들은 친구의 불행을 보면 그냥 가지 않습니다. 친구에게 무언가 도움을 주고 싶어 하지요. 무슨 말인지 알겠지요?"

상수의 말에 두 미녀는 한국 남자에 대해 정의로운 이미지를 가지게 되었다.

저런 친구가 있다면 정말 평생 사귀고 싶은 이라는 생각이 들 정도였으니 말이다.

상수는 그렇게 두 미녀를 달래 주고는 밖으로 나갔다.

상수를 호종하는 이들은 사우디의 비밀경찰들로 항상 은밀하게 움직이는 이들이었다.

모두 열 명의 인물이 상수를 따라 이동하고 있었다.

상수에게는 하나의 신분증이 주어졌다.

처음 상수의 부탁대로 왕궁을 자유롭게 다닐 수도 있고, 누구라도 조사를 할 수 있는 권한이 있었다.

상수는 지금 어젯밤의 미녀를 찾아 가고 있었다.

어디에 사는지는 이미 정보를 얻어 두었기에 가는 길만 알면 문제가 되지 않았다.

비밀경찰들은 이미 왕궁의 지리에는 익숙한지 금방 상수가 원하는 장소에 도착을 하게 되었다.

상수는 오면서 미녀의 주변에 누군가가 있는 것을 확인

하고 비밀경찰들에게 손으로 지시를 내렸다.

한 명을 제외하고 나머지는 바로 주변을 포위하는 형식으로 흩어졌다.

상수는 미녀가 있다는 곳의 입구에 도착하자 홀로 남은 비밀경찰에게 눈짓을 했다.

남자는 고개를 끄덕이며 문을 노크하였다.

똑똑똑.

비밀경찰들이 보고한 바로는 어제 상수에게 술을 따라준 미녀는 시녀가 아니었다.

시녀는커녕 입궁 허가서에는 왕국의 유력한 권력자의 친척으로 기입되어 있었다.

그런 인물이 왕자의 술자리 시녀로 왔다는 것 자체가 의심스러운 상황이었다.

"누구세요?"

"왕궁의 왕자님이 보내서 왔습니다."

어느 왕자라고는 말을 하지 않았다.

하지만 왕자가 보내서 왔다고 하면 이들은 일단 문을 열어주어야 했다.

문이 열리자, 가장 먼저 문을 열어준 시녀가 보였고, 그 안에는 반라의 옷을 입고 있는 여인이 자리에 앉아 있었다.

비밀경찰의 뒤에 서 있던 상수는 갑자기 앞으로 나서며 여인이 있는 곳으로 걸어갔다.

"......!"

여인으로서는 이곳에서 상수를 보게 될지 전혀 생각지 못했는지 상수를 보자 얼굴에 당혹감이 가득했다.

하지만 이내 안색을 바로하고 담담하게 입가에 미소를 짓고 있었다.

"호호호, 어제 만난 멋진 분이 무슨 일로 저를 찾아 오셨나요?"

여인의 매혹적인 미소로 상수를 유혹하고 있었지만 상수에게는 그런 미소가 통하지 않았다.

상수는 이미 눈앞의 이 여자가 사람을 쉽게 죽이는 마녀라고 생각하고 있기 때문에 아름다운 미소를 지어도 아무런 반응이 없었다.

상수는 이미 집 안에 여인만 있는 것이 아니라는 것을 알기에 뒤에 따라 오는 남자에게 고개를 돌려 지시를 내렸다.

상수의 고개는 정확하게 남자가 숨어 있는 곳을 알려주었다.

여인은 그런 상수의 행동에 얼굴에 순간적으로 당황스러운 빛을 보였지만 이내 침착하게 마음을 다스리는 모양이었다.

상수는 그런 여인을 보고 입가에 차가운 미소를 지었다.

"어제는 참 고마운 선물을 받아서 오늘은 나도 좋은 선물을 주려고 오게 되었습니다."

상수가 그 말을 하는 순간에 비밀경찰은 상수가 알려준 곳으로 빠르게 접근을 하여 남자를 공격하였다.

이들은 왕궁의 고유 무예를 익히고 있어 일반 남자들과는 차원이 다른 실력을 가지고 있었다.

게다가 미녀의 집안에 숨어 있는 남자는 소리만 듣고 있었기 때문에 갑자기 자신을 공격하는 것이 방어도 하지 못하고 당하고 말았다.

쉬이익! 퍽!

"커윽!"

경찰은 남자를 제압하자마자 바로 놈의 손에 가지고 있던 수갑을 채웠다.

남자가 바로 당하자 여인은 조금 놀랍다는 눈빛을 하였다.

"자, 이제 우리가 해야 하는 이야기가 많겠지요?"

"무슨 이야기를 말인가요? 여자의 방에 침입을 하여 이렇게 무례한 행동을 하는 분이신지는 몰랐네요."

여인은 침착하게 상수의 말에 대답을 하고 있었다.

그러나 상수는 이미 여인이 눈빛이 흔들리고 있는 것을 보고 속으로 코웃음을 치고 있었다.

"제가 알고 싶은 것은 영혼의 약이 어디에 있는가, 하는 것입니다. 어디에 있습니까?"

상수의 직구에 여자는 경악 어린 눈빛으로 상수를 보았다.

상수는 여자가 놀라는 것을 보고 자연스러운 미소를 지으며 다시 말을 했다.

"놀라지 않아도 됩니다. 저는 이미 당신이 가지고 있는 약에 대해 알고 있으니 말입니다. 저기 있는 남자가 가지고 있는 건가요?"

상수의 질문에 여자는 마지막 자존심이 남았는지 눈가에 독기가 스쳐 가고 있었다.

상수는 여자가 제법 심지가 있다는 생각이 들었지만 어차피 여자라고 생각하고 있었다.

상수는 품에서 작은 병을 꺼냈다.

그 안에는 투명한 물이 담겨 있었는데 상수는 그 병을 꺼내며 여자가 들으라고 말을 하고 있었다.

"내가 준비한 약을 사용하지 않기를 바랐는데 사용하게 만드는군요. 당신들이 저에게 먹인 영혼의 약입니다. 오늘 저는 이 약을 당신에게 돌려주기 위해 온 것입니다. 선택은 당신이 하시는 겁니다. 지금부터 오 분의 시간을 드리지요."

"……."

상수는 작은 병을 흔들면서 여자를 보았고 여자는 완전히 창백한 얼굴을 하고 있었다.

영혼의 약은 사막의 민족들이 가지고 있는 아주 비밀스러운 약이었기 때문에 구하고 싶어도 구할 수 있는 약이 아니다.

그런데 지금 상수는 작은 병에 그 약을 가지고 자신에게 먹인다고 하고 있으니 여자는 미칠 것만 같은 기분이었다.

"흥, 그 약이 진짜인지를 어떻게 알지요? 우리는 그런 약을 모르는데 말이에요."

여자는 상수가 하는 말을 전부 믿지는 않고 있었다.

자신이 속해 있는 조직에서도 약을 구하기 위해 자그마치 일 년이라는 시간을 투자했기 때문이다.

그러나 상수의 반응은 여자가 생각하는 것과는 다르게 나타났다.

"이제 3분 20초 남았군요. 아까도 말했지만 선택은 당신이 하는 겁니다."

물론 지금 상수가 가지고 있는 것은 영혼의 약 같은 게 아니다.

　그냥 물이다. 물.

　하지만 상수는 영혼의 약이 어떤 작용을 하는지를 이미 몸으로 직접 확인하였기 때문에 물을 가지고도 이런 협박을 당당하게 하고 있는 것이다.

　자신의 협박이 먹혀들어 순순히 불면 그것으로 그만이다.

　그렇지 않다 하더라도 자신이 들고 있는 물을 마시게 하면서 혈기를 이용하여 몸에 영혼의 약과 유사한 작용을 하게 만들 수가 있었기 때문이다.

　당연히 그런 자신감이 바탕이 되었기에 상수의 얼굴은 정말 진지했다.

　때문에 여자는 더욱 머리가 혼란스럽게 되었다.

　상수가 들고 있는 약이 정말 영혼의 약이라면 자신은 죽기 전에 모든 것을 상수에게 실토를 하게 될 것이기 때문이었다.

　영혼의 약은 상대에게 거짓말을 하지 않고 모든 진실을 말하고 그 뒤로는 죽음을 당하게 하는 약이었는데 그 안의 성분에 대해서는 아무도 알지 못하고 있어 구하고 싶어도 구할 수가 없는 신비로운 약이었다.

　'여기서 도망을 갈 수도 없고……. 저 남자가 들고 있는 것이 만약에 정말 영혼의 약이라면 내가 죽는 것은 정해진 일이다. 그리고 나를 포함하여 조직도 알려지게 될 것이고 조직에 이번 일을 의뢰한 3왕자도 위험해진다…….'

여자는 속으로 많은 생각을 하였지만 쉽게 결정을 내리지 못하고 있었다.

상수는 여자의 흔들리는 눈동자를 보면서 지금 여자가 심하게 갈등을 하고 있다는 사실을 알 수가 있었다.

이때는 조금 더 강하게 나가야 상대가 더욱 흔들릴 것이라고 보았다.

"…이제 1분 남았군요. 시간은 계속 흘러가니 신중하게 생각하세요."

상수는 웃으면서 말하고 있었지만 여자는 그 미소에 소름이 끼쳤다.

그리고 저렇게 웃으면서 말하는 놈이 가장 위험하다는 사실을 여자도 알고 있었기 때문이다.

여자는 정말 죽고 싶지가 않았다.

자신이 비록 조직에 가입하게 되어 이런 일을 하고는 있지만 그렇다고 목숨을 바쳐 가며 충성을 하고 싶은 마음은 없었다.

내 목숨이 우선인 것이다.

결국 시간이 되었고 상수는 천천히 여자에게 다가갔다.

또각또각.

바닥의 대리석 때문인지 상수의 구두에서는 바닥을 걷는 소리가 들렸다.

"자, 이제 시간이 되었군요. 아쉽지만… 당신의 선택을 존중하겠습니다. 저는 여자를 고문하는 것을 아주 싫어합니다. 그러니 조용히 해결하기로 하지요."

상수는 그렇게 말을 하고는 여자의 몸에 손을 대려고 하였다.

여자는 반항을 하려고 하였지만 이미 상수에게는 문제가 되지 않았다.

상수는 여자를 움직이지 못하게 하고는 병을 들어 천천히 여자의 입이 있는 곳으로 가지고 갔다.

여자에게는 지금 이 순간이 마치 무슨 슬로우비디오처럼 천천히 지나가고 있었지만 그 순간에 여자는 수많은 생각들이 머릿속을 스쳐 가고 있었다.

상수가 병의 마개를 열자 그 안에서는 영혼의 약 특유의 냄새가 흘러나왔다.

여자는 냄새를 맡는 순간에 병에 든 약이 진품이라는 것을 알 수가 있었다.

"자, 잠간만요! 말할게요!"

"이미 늦었습니다. 당신이 말을 하지 않아도 저는 다 알
수가 있습니다."

제6장 다크 세븐

씨익.

상수는 그렇게 말하면서 아주 차가운 미소를 보여 주었다.

약이 진품이라는 생각이 들자 여자는 어차피 비밀을 모두 토설하고 죽을 바에는 자신이라도 살자는 생각에 강하게 고개를 흔들면서 고함을 쳤다.

"말하겠어요! 모든 것을 말할 테니 제발 살려주세요!"

여자는 눈에서 눈물을 흘리며 간절히 고함을 지르고 있었다.

아무리 강한 여자라고 해도 결국 여자였고 죽고 싶은 사람은 없었다.

상수는 그런 인간의 심리를 이용하여 여자를 압박하였던 것이다.

이미 상대가 여자라고 생각을 하고 있었기 때문에 상수는 미리 물약을 준비하였다.

당시 술을 마시면서 그 안에서 나는 특유의 냄새를 파악하였고 그 냄새와 유사하게 나게 만들어 두었기에 여자는 오해하고 만 것이다.

"이번이 마지막입니다. 만약 이상한 행동을 하거나 쓸데없는 말이 나오면 당신에게는 더 이상 자비가 없다는 것을 명심하세요."

상수의 말에 여자는 강하게 고개를 끄덕였다.

"예, 예, 알았어요."

"자, 그러면 그대가 알고 있는 것을 말해보세요."

그러자 여자는 입에서 자신이 알고 있는 비밀들이 술술 나오기 시작했다.

여자가 속해 있는 조직은 다크 세븐이라는 조직이었다.

이번 의뢰를 받아 왕국의 제일 왕자인 아브라 왕자를 완전히 고립을 시키려고 하고 있었다.

이는 왕국의 3왕자의 의뢰로 그는 아브라 왕자가 주변의 인물들이 죽게 되면 심리적으로 불안하게 될 것으로 생각하고는 주변의 인물들을 먼저 제거해 왕자의 주변을 불안하게 하여 왕자를 완전히 고립을 시켜 자신이 권력을 쥐려고 하였던 것이다.

그리고 모든 권력을 가지게 되면 그때 왕자를 정리하여 자신이 완전하게 권력을 장악하려고 하였다.

다크 세븐의 조직은 전 세계를 대상으로 영업을 하고 있는 거대 조직으로 워낙 은밀하게 움직이는 탓에 실체가 드러나 있지 않는 어둠의 조직으로 알려져 있는 조직이었다.

아직도 조직원의 구성에 대해서는 알려진 것이 없을 정도로 이들은 은밀하였지만 그 조직에 의뢰를 하는 방법은 널리 알려져 있어 그들을 이용하려는 이들이 많이 있었다.

이들에게 의뢰를 하는 방법은 어렵지 않았는데 바로 하나의 사이트에 암호만 남기면 되는 일이었다.

약정된 암호가 사이트에 기재되면 의뢰자가 가만히 있어도 이들이 알아서 은밀히 접근한다고 한다.

그 후로는 계약에서부터 일의 처리까지 일사천리로 이어진다고 한다.

여자에게 모든 이야기를 들은 상수는 마지막으로 질문을 하나 더 하였다.

"그러면 남은 영혼의 약은 어디에 있지요?"

그러자 여자는 잡혀 있는 남자를 보았다.

상수는 여자의 눈이 남자에게 향하는 것을 보고는 남자가 있는 곳으로 걸어갔다.

남자는 여자가 입을 여는 순간에 이미 모든 것을 포기하였는지 눈을 감고 있었다.

상수는 남자에게 가서 조용히 물었다.

"당신이 약을 가지고 있다고 하던데 그 약은 어디에 있습니까?"

남자는 그런 상수를 보며 사나운 눈을 하고 있었다.

비록 수갑을 차고는 있지만 아직 힘이 남아 있었기 때문이었다.

상수는 그런 남자를 보며 입가에 아주 차가운 미소를 지었다.

"내가 아까 하는 이야기를 들었겠지만 나는 여자에게는 고문을 하지 않습니다. 하지만 남자는 다르지요. 부디 잘 견디기를 바랍니다. 당신에게 해야 할 고문은 모두 108개의 방법이 있으니 말입니다. 나를 즐겁게 해주기를 기대하겠습니다."

상수는 그렇게 말을 하고는 품에서 침을 꺼내 남자의 몸을 여기저기 찔렀다.

상수는 그 침에 자신의 기운을 담아 남자를 찌르고 있었다.

"첫 번째 고문인 지옥의 고통입니다."

상수는 그렇게 말을 하고는 마지막으로 남자의 귀밑이한 부분을 침으로 찔렀다.

"으으으……."

그러자 남자의 얼굴이 절로 일그러지기 시작하였다.

약간의 시간이 지나자 남자는 비 오듯이 얼굴에 땀을 흘리기 시작하였다.

하지만 그래도 아직은 참을 만한지 비명을 지르지는 않았다.

"호."

상수는 그런 남자를 보며 감탄사를 터뜨리며 아주 흐뭇한 미소를 지었다.

"이거 대단하군요. 축하드립니다. 저의 첫 번째 고문을 통과하셨습니다. 당신의 의지가 아주 나를 흡족하게 해주어서 열 번째까지는 그냥 통과하겠습니다. 이제 본격적인 고통을 느끼게 되는 열한 번째 고문인 아수라의 시련입니다. 부디 나를 실망시키는 일이 없기를 바랍니다."

상수는 그러면서 남자의 몸에 다시 침을 가지고 찌르기 시작했다.

그런데 이번에는 남자의 머리도 찌르고 있었다.

이번에는 상당한 기운을 남자에게 보내고 있었다.

상수의 몸에 있는 혈기들은 상수의 몸에서 떠나지 않으려고 하는 성질을 가지고 있었다.

만약에 남자의 몸에 들어가게 되면 남자의 몸에 있는 기운들을 흡수하고 더욱 강해져서 상수에게 돌아오려고 하기 때문에 남자는 엄청난 고통을 느낄 수밖에 없었다.

약간의 시간이 지나자 아까하고는 하늘과 땅의 차이로 고통이 밀려왔다.

결국 남자의 입에서 처절한 비명이 흘러나오기 시작했다.

"크아아악! 제발… 나를… 죽… 여… 라…….."

남자는 고통을 참지 못해 비명을 지르며 자신을 죽여 달라고 외쳤다.

상수는 그런 남자를 보며 아주 차가운 미소를 지으며 상냥하게 대답해 주었다.

"그 말은 제가 원하는 대답이 아니군요. 나는 원하는 말을 듣고 싶지 그런 이상한 말은 원하지 않습니다. 아직 고통이 약한 모양이네요. 조금 강도를 올리도록 하지요."

상수는 그렇게 말을 하고는 다시 침을 들어 남자의 몸을 찔렀다.

푸욱. 푸욱.

"크아아아악!"

남자는 상수가 침을 찌르자 바로 비명을 지르더니 급기야는 몸을 비틀기 시작했다.

동시에 남자의 얼굴에 이상 현상이 나타나고 있었는데 바로 얼굴이 점점 붉어지기 시작한다는 것이었다.

마치 지옥의 마귀 같은 얼굴로 변하고 있다고 해도 과언이 아닐 정도로 얼굴이 보기 흉했다.

비밀경찰은 그런 남자를 보며 등골이 오싹한 기분을 느끼고 있었다.

'도대체 저 남자의 정체가 무엇일까? 왕자님이 따르라고 해서 따르고는 있지만 저 남자는 우리가 없어도 될 정도로 강한 남자다.'

남자가 비명을 지르는 모습이 얼마나 끔찍한지 비밀경찰은 남자가 고문을 당하는 모습을 보며 자신은 절대로 저렇게 당하고 싶지 않다는 생각이 들 정도였다.

이는 모든 사실을 고백한 여자도 마찬가지였는데 여자는 지금 안색이 완전히 창백해져 있었다.

'저게… 저 남자가 하는 고문이라고? 어떻게 저렇게 고

문을 하는 거지? 그리고 침을 찌르기만 하는데 어떻게 저렇게 괴상하게 변할 수가 있는 거지?'

여자는 남자가 변하는 것을 보고 놀라는 정도가 아니라 공포에 가까운 얼굴을 하고 있었다.

만약 저런 얼굴을 하고 살게 된다면 이는 죽는 것보다도 못한 것처럼 생각이 들어서였다.

상수는 붉은 기운이 남자의 모든 기운을 잡아먹으려고 하는 것을 보고는 혈기에 자신의 의지를 보냈다.

'전부는 아직 아니다, 기다려. 대신 더욱 강한 고통을 느끼게 해줘.'

상수의 의지가 전해지자 혈기는 바로 활동을 멈추었다.

그리고는 남자에게 강한 고통을 선물로 주고 있었다.

우드득!

남자의 몸에서 뼈가 비틀리는 소리가 들리기 시작했다.

"아아악! 제… 발……."

남자는 이제 거의 애원에 가까운 눈빛을 하며 상수를 보고 있었다.

"자, 마지막으로 묻지요. 약은 어디에 있습니까? 아까도 이야기를 했지만 선택은 오로지 자신이 하는 겁니다. 참고로 지금 당신이 당하는 고통은 1단계에 해당하는 것입니다.
아수라의 시련은 모두 10단계의 과정을 경험하게 되어 있
습니다. 2단계는 1단계의 두 배에 해당하고, 3단계는 2단계
의 4배에 해당하죠. 저는 충분히 시간을 드리고 있으니 편
하게 즐기시길 바랍니다."

　상수의 발언에 남자는 정말 죽고 싶은 마음만 간절하였
다.

　지금 상수가 하는 말을 들으니 자신이 느끼는 이 죽을 듯
한 고통을 앞으로 두 배, 세 배로 느껴야 한다.

　기절을 하고 싶은 심정이었다.

　하지만 기절은커녕 이상하게도 점점 정신이 더욱 또렷해
지고 고통은 생생하게 느껴지고 있어 기절을 할 수도 없는
것 같았다.

　지금 남자의 얼굴은 얼굴에 있는 실핏줄들이 터지기 일
보직전이었다.

　"크아아악, 제발…, 말… 할… 테니… 제… 발……."

　남자는 결국 고문을 이기지 못하고 실토를 하겠다고 소
리 질렀다.

　상수는 남자가 말하겠다고 하자 이내 혈기들에게 의지를
보냈다.

　'이제 그만하고 돌아와라.'

상수가 남자의 몸에 손을 대자 혈기들은 이내 바로 상수의 몸으로 흡수가 되었다.

물론 남자의 정기를 흡수한 상태에서 말이다.

혈기들이 상수에게 돌아오기 시작하자 남자는 점점 고통이 줄어들었고, 모든 혈기가 상수의 몸에 흡수가 되자 남자는 더 이상 고통을 느끼지 않게 되었다.

하지만 고통을 느끼는 과정에서 남자는 거의 모든 기운을 잃어버리고 탈진을 한 상태였기에 몸이 축 늘어지고 있었다.

"자, 이제 제가 대답을 들을 차례군요. 약은 어디에 있습니까?"

"약은 저기 저… 작은 상자에 있습니다."

남자가 손으로 상자를 알려주며 말을 하였다.

상수는 상자를 알려주자 비밀경찰을 보고 고개로 지시를 하였다.

상수의 고개로 가지고 오라는 지시에 경찰은 바로 움직였다.

"그러면… 이제 그대의 위치를 말해주셔야지요."

남자는 이미 포기를 하였는지 상수의 질문에 대답을 하였다.

"나는 중동지역의 사우디 왕국을 책임지고 있는 지역장

입니다."

"그러면 저기 게시는 여자 분은요?"

"저 여자는 아직 직책이 없습니다. 다만 여기 일을 마치면 저보다는 상급자로 발령이 난다고 들었습니다. 그래서 대우해 주고 있습니다."

상수는 이들이 나름 아주 잘 체계가 잡혀 있다는 생각이 들었다.

그렇지 않으면 이런 거대한 조직이 돌아가지를 않을 것이라는 생각이 들어서였다.

"그럼, 마지막으로 묻지요. 다크 세븐이 있는 곳의 위치를 아십니까? 위치를 모르면 연락 방법이라도 좋습니다."

최소한 지역장이라면 어느 정도는 알고 있을 것이라고 생각하여 묻는 것이다.

"죄송하지만 그런 방법은 없습니다. 저희가 보고할 때는 항상 전화기를 이용하고 있는데 위치를 확인할 수가 없기 때문입니다."

"흠, 그렇군요. 알겠습니다. 당신의 처분은 제가 할 것이 아니라 왕자님이 결정을 하게 될 겁니다."

상수는 그렇게 말을 하고는 비밀경찰이 가지고 온 상자를 열어 보았다.

그 안에는 성호가 가지고 온 병처럼 작은 병들이 두 개나 들어 있었는데 병속에는 투명한 액체들이 들어 있었다.

상수는 그중 한 개의 병을 들어 마개를 개봉하였다.

'응?'

그러자 상수의 몸속에 있는 혈기들이 난리를 치는 것이 아닌가?

'이놈들이 도대체 왜 이러는 거지? 이 약과 놈들이 무슨 상관이 있는 건가?'

상수는 약과 혈기의 사이에 무슨 관계가 있는 것으로 판단이 되었다.

사실 약을 먹고 나서 더욱 강해진 것을 느꼈지만 크게 신경 쓰지는 않았는데 지금은 혈기들이 난리를 치고 있으니 이상하게 생각이 들었다.

상수는 일단 약의 성분에 대해 조사를 해야겠다는 생각이 들어 한 개는 왕자에게 주고 남은 한 개는 자신이 가지려고 하였다.

상수가 상자를 챙기면서 중요한 목소리로 지시를 내렸다.

"여기 계시는 분들에 대한 처벌은 왕자님이 직접 하실 것이니 우선은 포박을 하여 왕자님께 가기로 하지요."

"알겠습니다."

비밀경찰은 대답을 하고는 바로 밖에 있는 이들에게 신호를 보냈다.

　왕자의 부탁은 그렇게 상수의 개입으로 인해 간단하게 해결이 되었지만 이제 다크 세븐이라는 조직과 좋지 않은 관계가 되어버려 골치가 아픈 상수였다.

제7장 약의 비밀

상수는 여자와 남자를 왕자에게 넘겼다.

왕자는 여자를 통해 이번 일에 관계가 있는 이들을 모두 알게 되었다.

처음 왕자는 자신의 형제가 개입되어 있다는 사실에 엄청 화를 내었지만 이내 상수가 진정을 시키자 조금 마음에 안정을 찾게 되었다.

"미스터 정, 정말 고맙습니다. 그대의 도움으로 살아나게 되었으니 말입니다."

"아닙니다. 왕자님은 저의 친구이지 않습니까. 한국에서는 친구는 자신의 모든 것이라고 여깁니다. 저는 그런 친구의 위험을 보고 도움을 드린 것이고요."

상수의 대답에 왕자는 정말 감격한 눈빛을 하며 상수를 보았다.

친구는 자신의 모든 것이라는 말에 왕자는 상수를 생각하는 마음이 달라졌다.

자신은 상수를 이용하려고만 하였는데 상대는 자신의 모든 것을 걸고 도움을 주었다는 생각이 들었기 때문이었다.

그러면 이제부터라도 자신 역시 모든 것을 걸고 상수에게 도움을 주어야겠다는 생각이 드는 왕자였다.

"미스터 정은 나의 은인이자 친구이니 앞으로 어려운 일이 있으면 언제든지 나에게 연락을 하세요. 그러면 내가 할 수 있는 모든 것을 동원해서 도움을 주도록 하겠습니다."

"감사합니다. 그렇게 말씀을 해 주시니 이거 정말 엄청난 선물을 받은 기분이 듭니다. 왕자님."

"하하하, 도움과 선물은 내가 크게 받지 않았습니까. 미스터 정."

"원래 선물이라는 것은 상대에게 도움이 되어야 선물이지 않습니까. 왕자님이 만족하셨다고 하니 다행입니다."

"아니요. 정말 고마운 선물이었습니다. 다시 한 번 이야기를 하지만 나의 도움이 필요하다면 언제든지 연락하세요. 만사를 제쳐 두고 도움을 드리도록 하겠습니다."

"감사합니다. 왕자님."

상수는 왕자에게 약을 한 개 주고 남은 한 개는 자신이 가지고 있었다.

그리고 왕자에게 감사의 의미로 선물을 받았는데 그것은 바로 보석이었다.

왕자는 다른 것은 줄 것이 없으니 우선 받으라고 하며 작은 상자를 주었는데 그 안에는 상당한 양의 보석이 담겨 있었다.

생각지도 못한 선물이라 처음에는 사양을 하려고 하였지만 왕자는 사우디에서는 선물을 사양하면 상대를 무시하는 것으로 여긴다는 말을 전했기에 그냥 받을 수밖에 없었다.

상수는 사우디에 와서 엄청난 계약을 하였고 왕자에게 선물도 받아 아주 기분이 좋았다.

왕자에게 받은 보석만 해도 상당한 금액이었기에 상수는 기분 좋게 미녀들이 있는 방으로 돌아가게 되었다.

"이사님, 도대체 무슨 일을 하신 거예요?"

캐서린은 걱정스러운 눈빛을 하며 상수를 보고 물었다.

"아무 일 아니니 너무 걱정하지 않아도 됩니다. 그리고 내일 돌아갈 생각이니 준비를 해 주세요."

"어머, 정말 내일 돌아가요?"

"예, 내일 갈 생각이니 준비를 하세요. 여기서 해야 하는 일은 모두 마쳤으니 이제 회사로 가야지요."

상수는 더 이상 사우디에 있을 생각이 없었다.

그리고 이제는 회사로 돌아가야 했기 때문이기도 했다.

회사에 돌아가면 지금 가지고 있는 약의 성분을 알아볼 예정이다.

카베인의 거래처 중에는 제약회사부터 단순히 약의 성분을 연구하는 곳도 많았기에 상수는 그런 거래처를 알아보고 약의 성분을 조사할 생각이었다.

도대체 약의 어떤 성분이 자신의 혈기와 반응을 하는 것인지 상수는 알고 싶었다.

그리고 그 정보를 바탕으로 자신의 몸에 있는 혈기에 대해서도 조금은 알 수가 있을 것 같았다.

그런 상수의 사정을 모른 채, 두 미녀는 아주 반가운 얼굴을 하였다.

"예! 바로 준비를 할게요. 이사님."

"예! 이사님."

두 미녀가 이렇게 반기는 이유는 바로 상수에게 있었다.

이곳은 많은 미녀들이 반라의 몸으로 돌아다니는 곳이었기 때문이었다.

남자가 반라의 여성을 자주 보게 되면 혹하는 마음이 생길 수도 있다는 생각에 그간 어서 돌아갔으면 하는 마음이 간절하였다.

그런데 상수가 돌아가자고 하니 이들은 진심으로 기쁘게 생각을 하고 있었다.

'휴, 다행이야. 여기에 이사님이 오래 계시면 분명히 여자들 때문에 문제가 생길 텐데……. 내일 간다고 하니 이제 안심이 되네.'

캐서린은 왕궁에 있으면서 나름 정보를 통해 이것저것 알고 있는 게 많았다.

그중 하나가 왕자에 대한 정보였다. 왕자는 상수를 사우디에 두고 싶어 한다는 것과 그렇게 하기 위해 엄청난 미녀들을 그의 곁에 두려고 한다는 것이었다. 그것을 듣고 그동안 말은 안 했지만 상당히 긴장을 하고 있었다.

이곳은 여성들이 남자와 동침을 하는 것이 그냥 일상생활의 한 부분이라고 여겼기 때문에 사실 이곳에 있는 동안 걱정이 많았다.

자신이 개인적으로 마음을 주고 있는 상수가 미녀 때문에 이곳에 정착을 할 수도 있다는 생각이 들어서였다.

'우리 이사님이 인기가 너무 많아서 걱정을 했는데 이제 돌아가면 나도 본격적으로 이사님을 유혹해야겠다. 캐서린도 만만치 않아서 방심하다가는 그대로 놓치고 말 것 같으

니 말이야.'

미셸은 돌아가면 본격적으로 상수를 유혹할 생각을 하며 입가에 묘한 미소를 짓고 있었다.

자신의 미모와 아름다운 가슴이라면 충분히 상수를 유혹할 수 있을 것이라는 생각을 하고 있었다.

두 미녀는 내심 같은 생각을 하며 상수를 보고 있었지만 상수는 지금 그런 미녀들의 관심보다는 하루라도 빨리 돌아가서 약의 성분을 분석하는 것이 급했기에 눈치채지 못하고 있었다.

그렇게 상수는 다시 미국으로 돌아갈 준비를 하나하나 하였다.

이튿날.

상수는 왕자와 인사를 나누고 준비된 차를 타기 위해 이동을 했다.

그런데 상수는 모르지만 지금 그런 상수를 멀리서 보고 있는 눈길이 있었다.

"저기 지금 차를 타려고 하는 자라고 들었습니다."

"저자가 우리 조직의 일을 방해했다고 하는데 도대체 이해가 가지 않는다. 사전 조사도 그렇고 내가 보기에는 그저 평범한 인물로 보이는데 말이야."

"저도 보고가 잘못된 것이 아닌지 이상한 생각이 들었습니다. 한국인이지만 아무것도 나오지 않았습니다."

"아직 정확한 데이터를 얻은 것이 없으니 우선은 저자를 감시만 해라. 확실한 정보를 얻을 때까지는 방심하지 말고. 알겠나?"

"예, 알겠습니다."

이들은 바로 다크 세븐에서 나온 자들이었다.

그런데 이상한 것은 그날 있었던 일들을 아는 자들은 모두 잡혀 들어갔는데 이들이 벌써 전후 사정을 파악하고 상수에게 주목을 하고 있다는 것이다.

이는 분명히 왕궁 내에 다른 스파이가 있다는 의미였다.

하지만 상수는 그런 사실은 꿈에도 모르고 준비된 차를 타고 비행장으로 가고 있었다.

비행기에 타고 나서 상수는 바로 깊은 잠에 빠졌다.

그런 상수의 옆에는 두 미녀가 앉아 양쪽에서 상수의 얼굴을 보고만 있었다.

'어쩌면 우리 이사님은 자는 모습도 이렇게 멋있을 수가 있을까?'

미셸은 상수를 보는 눈에 이제 완전히 콩깍지가 씌였는지 상수의 모든 것이 다 멋지게 보였다.

물론 이는 캐서린도 마찬가지였지만 말이다.

이들은 상수의 능력을 보고는 몸과 마음이 모두 감동을 하였고 자신들의 미모로 무슨 수를 써서라도 상수를 유혹하려고 하고 있었다.

자신의 남자로 만들고 싶은 욕심 때문이었다.

상수는 그렇게 두 미녀에게 관심의 대상이 되어 가고 있었다.

*　　　*　　　*

비행기는 오랜 시간 비행을 마치고 미국에 도착을 하였고 상수는 깊은 잠을 자서 그런지 아주 개운한 기분으로 자리에서 일어났다.

"우선은 회사로 가서 보고를 하고 퇴근을 합시다."

이처럼 중요한 계약서를 들고 집으로 갈 수는 없는 일이었기에 캐서린은 상수의 말에 바로 대답을 하였다.

"예, 그렇게 하는 것이 좋을 것 같습니다. 이사님."

"저도 찬성이에요. 이사님."

두 미녀가 찬성을 하자 상수는 바로 떠나기 전에 주차해 두었던 장소로 갔고 거기에 있는 차량을 이용하여 바로 회사로 갈 수가 있었다.

"자, 출발합니다."

"예, 이사님." ·

상수는 차를 몰아 바로 회사로 갔다. 이미 회사에는 출발 전에 보고를 하였기 때문에 회장과 간부들이 상수를 기다리고 있었다.

사우디의 계약 자체도 중요한 것이었지만 그보다 그간 영업부가 그렇게 노력을 들여도 성공하지 못한 일을 상수가 가서 해결을 했다는 것이 중요했기 때문이었다.

이로써 부회장을 추종하는 무리들의 입장이 아주 난처하게 되었기 때문이다.

"회장님, 조금 있으면 도착을 한다고 합니다."

"그런가? 우리도 슬슬 나가 보자고. 승리하고 돌아온 개선장군이 아닌가 말이야."

피터슨 회장은 상수가 사우디에 가서 계약을 성공했다는 전문을 받고는 정말 기뻐했다.

부회장의 영역인 영업부에서 하지 못한 일을 상수가 가서 해결하였기 때문이었다.

그리고 영업부에서는 이번 일을 완전히 이관해 주었기 때문에 더 이상 그 일을 가지고 말을 할 수 없는 입장이었다.

그리고 문제는 영업부에서 하려고 한 계약금과의 세 배에 해당하는 엄청난 전과를 올렸기에 이번에도 상당한 포

상금이 상수에게 전해지게 되었다는 것이다.

이번 일로 피터슨 회장의 위치는 확고하게 자리를 잡게 되었다는 것이다.

물론 부회장을 따르는 이들이 피해는 입겠지만 말이다.

그룹의 간부들이 회의실에 모여 상수를 기다리고 있었다.

그때 문이 열리면서 상수가 입장을 하고 있었다.

물론 그의 옆에는 두 명의 미녀가 각각 자리를 차지하고 있었고 말이다.

상수는 피터슨 회장을 보며 정중하게 인사하였다.

"회장님, 이번 사우디의 계약을 마치고 돌아왔습니다. 여기 사우디에서 계약한 계약서입니다."

상수가 서류봉투를 손에 들자 피터슨 회장의 비서는 빠르게 봉투를 받아 회장에게 전해 주었다.

회장은 아무런 답변을 하지 않고 우선은 계약서를 먼저 보았다.

한참의 시간을 그렇게 계약서를 살펴보던 피터슨 회장의 입가에 묘한 미소가 그려지고 있었다.

"하하하, 아무도 성공을 하지 못한 일을 성공한 정 이사에게 모두 박수를 쳐주기 바라오."

피터슨 회장이 먼저 박수를 치며 그렇게 말을 하자 간부들도 따라 박수를 쳤다.

지금은 회장과 부회장의 싸움이 아니라 회사를 위해 고생을 한 간부에게 보내는 격려의 박수였기 때문이다.

"이번 계약은 전과는 다르게 금액이 무려 세 배나 되니 이 부분은 세밀히 검토를 하여 처리하도록 하시오. 그리고 이렇게 성과를 보였으니 특수부에는 특별 상여금이 지불될 것이니 그렇게 알고 있으시오."

"네, 그렇게 하겠습니다."

"그럼 지금 이 자리는 이대로 정리하도록 하겠소. 다들 자리로 돌아가 맡은 일을 하시오. 그리고 정 이사는 따로 나와 이야기를 좀 해야 하니 사무실로 오게."

피터슨 회장은 일사천리로 일을 처리하고는 상수를 사무실로 오라고 하고는 나갔다.

그런 상수는 보는 시선에는 부러움과 질투가 섞여 있었다.

자신들은 그렇게 애를 써서 계약을 하려고 하였지만 결국 실패를 하고 말았는데 상수는 일주일도 되지 않는 시간을 투자하여 계약을 하였고, 금액 자체도 무려 세 배나 많게 하였기 때문이었다.

이런 실적은 나중에 엄청난 가산점을 받을 것이고 이로 인해 특수부의 위상이 엄청나게 커지게 되었기 때문이었다.

상수는 두 미녀에게는 사무실로 가서 기다리라고 하고 자신은 바로 회장실로 갔다.

"어서 오세요. 연락을 받고 기다리고 있었습니다. 이쪽으로 가시지요. 정 이사님."

"예, 고맙습니다."

회장실에는 이미 연락을 받은 비서가 있었다. 그는 상수가 오자 바로 안으로 안내해 주었다.

지금 회사에서는 상수가 가장 주목받고 있는 인물이었기에 비서들도 그런 상수를 전과는 다르게 선망의 눈으로 보고 있었다.

회장실로 들어간 상수는 만면에 미소를 짓고 있는 피터슨 회장을 볼 수가 있었다.

상수를 보자 회장은 바로 크게 웃었다.

"으하하하, 나는 자네가 이번에도 크게 한탕 할 것이라고 믿고 있었다네. 역시 크게 한 건 하고 돌아와 줘서 고맙네. 자네 덕분에 내가 아주 어깨에 힘을 주고 살고 있어. 아주 좋다네."

"별말씀을 다 하십니다. 저는 그저 해야 하는 일을 했을 뿐입니다. 회장님."

상수는 아주 겸손하게 대답을 하였다.

자신의 성과를 보면 충분히 자랑을 해도 상관이 없었지

만 상수는 항상 자신을 숙이고 있었다.

미국이라는 나라가 상대가 먼저 숙이면 무시하는 경향이 있다지만 피터슨은 그런 상수를 보며 전혀 그런 생각을 하지 않고 있었다.

아니, 오히려 그런 상수가 더욱 마음에 들었다.

"아니야. 이번 일로 인해 자네는 이제 회사에서 누구도 무시를 하지 못하는 위치를 얻게 될 것이네. 이는 내가 장담을 하지. 하하하."

피터슨 회장은 오늘 너무 기분이 좋았다.

자신과 척을 지고 있는 부회장의 패거리들도 오늘만큼은 얼굴에 패배한 것 같은 기색을 보였기 때문이었다.

부회장을 당장 정리하고 싶지만 아직은 때가 아니기 때문에 피터슨 회장도 그때를 기다리고 있었다.

"감사합니다, 회장님."

"아니야, 감사는 내가 감사하지. 이번에도 자네에게는 특별 보너스가 지급이 될 것이네. 엄청난 금액을 추가로 계약을 했는데 당연한 일이지 않겠나."

"늘 그렇게 챙겨 주셔서 감사하게 생각합니다. 회장님."

상수는 피터슨에게 정중하게 감사의 인사를 하고 있었다.

"오늘은 보고 때문에 회사로 바로 온 것으로 아는데 그만

가서 쉬도록 하게. 그리고 정말 수고하였네."

피터슨은 진심으로 상수에게 고맙다는 말을 전하고 있었다.

피터슨도 이제 나이를 먹으니 자신의 후계를 생각해야 할 때였다.

솔직히 그간 자신의 후계로 정할 인물이 마땅치 않아 고민이 되었는데 그럴 자격을 가진 인물이 나타나서 요즘은 아주 살맛이 나고 있었다.

그만큼 피터슨은 상수를 생각하고 있다는 이야기였다.

물론 상수도 피터슨의 영향력을 적절하게 이용하고 있었고 말이다.

상수도 취직하여 회사에 근무해 보니 전쟁터가 따로 없다는 것을 알게 되었다.

그래서 자신도 살아남기 위해 머리를 쓰게 되었고 결국은 회사라는 것이 자신의 능력만 있으면 얼마든지 진급이 가능하다는 것을 깨달아 스스로 능력으로 가장 높은 위치로 가고자 하였던 것이다.

"회장님, 감사합니다. 내일 출근해서 뵙도록 하겠습니다."

상수는 인사를 하고는 바로 특수부로 갔다.

특수부에서는 지금 난리가 나 있었다.

"이야, 우리 이사님 정말 능력이 대단하신 분이시네요."

"그러게 말이야, 사우디로 직접 가서 그런 계약을 딸지 누가 알았겠어."

"이사님이 가서서 보니 인맥이 장난이 아니었어요. 사우디의 왕자님과 친구로 지내는 사이였어요. 그래서 직접 가신 것 같아요."

"정말이야? 그런 인맥을 가지고 계시면 앞으로 사우디 계약은 걱정이 없겠네. 우리 특수부는 이제 날개를 단 것이나 마찬가지란 말이잖아."

특수부의 부원들은 지금 상수에 대한 이야기를 하면서 모두 흥분을 하고 있었다.

이번 계약으로 인해 특수부에는 또 별도의 보너스가 지급이 된다고 하였기 때문이다.

이는 캐서린이 직접 듣고 와서 전하는 말이었기에 이들은 그 말에 모두 환호성을 지르며 열광을 하고 있었다.

일부의 인물들은 조금 달랐지만 말이다.

그때 문이 열리면서 상수가 들어왔다.

상수가 들어오자 특수부부원들은 일제히 박수를 쳤다.

짝짝짝!

"이사님의 영광스러운 계약을 축하드립니다."

"이사님 정말 축하드립니다."

특수부원들의 축하 인사에 상수는 흐뭇한 미소를 지어주었다.

"여러분의 뜨거운 성원에 계약을 할 수 있어 기분이 좋습니다. 그리고 우리 특수부는 이제부터 다른 부서와는 다르게 더욱 발전을 하게 될 것입니다. 나는 그렇게 생각하고 그렇게 되도록 발바닥에 땀이 나도록 노력을 할 겁니다."

상수의 말에 특수부원들은 뜨거운 함성을 질렀다.

"이사님 만세!"

"이사님 파이팅!"

잠시의 시간이 지나자 조금 분위기가 가라앉자 상수는 다시 말을 이었다.

"내일 우리 특수부에 보너스를 지급해 주겠다는 회장님의 약속이 있었으니 모두들 보너스를 받아 어디에 사용할지를 서류로 작성하여 제출하세요. 다른 곳에 사용하는 분들은 나중에 검토를 하여 다른 부서로 보낼 겁니다. 보너스는 무조건 가족을 위해 사용하세요. 이것은 부서의 장으로 하는 명령입니다. 아시겠죠?"

상수의 말에 부원들은 얼굴이 환해졌다.

이들도 가족들과 사용하고 싶었기 때문이었다.

그리고 상수의 마음이 느껴져서 기분이 좋았던 것이다.

그만큼 부서장이 신경을 써주고 있다는 사실을 알게 되

니 기분이 좋았고 일을 할 의욕이 생겼다.

"와아. 이사님 정말 감사합니다."

"예, 이사님의 명령에 따르겠습니다."

부서원들이 사기가 올라가자 상수는 그런 모습을 보며 입가에 부드러운 미소를 지었다.

그런 상수의 모습은 진심으로 자신들을 아끼고 있다는 생각이 들게 하고 있었다.

캐서린과 미셸은 그런 상수의 뒤에서 광채가 비치고 있다는 생각이 들었다.

'우리 이사님의 등에 광채가 나고 있어?'

이들은 그렇게 생각하는 것은 두 사람의 마음에 상수를 생각하는 마음이 커서였다.

"자, 오늘은 출장을 다녀오는 바람에 피곤하니 조금 일찍 퇴근합니다. 모두 수고들 하시고요. 내일 즐거운 얼굴로 만나기를 바랍니다."

"예, 이사님 들어가십시오."

"이사님 고생하셨습니다. 오늘은 푹 쉬십시오."

직원들이 모두 인사를 하고 나자 상수는 두 미녀를 보았다.

"안 가실 거예요?"

"아니요. 가야지요. 저희도 피곤하거든요."

"예, 가야지요. 이사님."

세 명의 남녀는 그렇게 조용히 회사를 떠나고 있었다.

그런 상수를 보고 있는 눈길이 있었는데 바로 부회장이었다.

그는 상수에 대한 보고를 받았을 때 그냥 조금 능력이 있는 코리언이라는 생각을 하였다. 그런데 자신의 생각과는 다르게 엄청난 일을 해결하는 능력을 보여주자 마음이 달라지고 있었다.

"저 친구에 대한 조사는 어찌 되었나?"

"내일이면 보시게 될 겁니다. 부회장님."

"저 친구에 대한 건 보고서를 보고 나서 하기로 하고, 피터슨 회장은 어떤가?"

"아직은 다른 움직임은 없습니다. 하지만 우리도 당하지 않게 준비는 해 두어야 할 것 같습니다."

"그렇게 해야겠지. 이번에 타격이 컸어. 대책을 세워야 할 거야."

"이미 준비해 두었습니다. 부회장님."

부회장의 말에 답변을 하는 남자는 이번에는 자신이 있는 모양인지 얼굴이 자신감이 넘쳐흘렀다.

그러나 부회장은 그런 남자를 보지도 않고 입을 열었다.

"이번에는 차질이 없게 해야 하네. 지난번처럼 실수를 해서는 곤란하니 말이야."

부회장은 나지막하게 말을 하고 있지만 이럴 때가 가장 위험하다는 것을 본능적으로 느끼고 있었다.

"예, 이번에는 정말 준비를 단단히 하였습니다. 부회장님."

"좋아 한 번 더 믿어 보겠네."

부회장은 그렇게 말을 하고는 차가운 미소를 지으며 창밖을 내려다보고 생각에 잠겼다.

지금 자신과 피터슨 회장은 보이지 않는 전쟁을 하고 있는 중이었다.

그런 전쟁이 더 피곤하고 힘들다는 사실을 부회장이 모르지는 않았다.

그리고 아직은 회장의 입김이 더 강하기 때문에 이렇게 숨죽이고 있지만 때가 되면 이대로 있지는 않을 생각을 가지고 있는 부회장이었다.

"호……."

그때 창밖을 바라보던 부회장은 순간 무엇을 보았는지 묘한 미소를 지었다.

제8장 남자가 놀면 확실하게 놀아야지

지금 상수는 두 미녀를 데리고 퇴근을 하고 있었다.

　"자, 먼 거리 이동한다고 힘들겠지만 우리도 일을 성공하였으니 자축은 하고 헤어져야겠지요?"

　"예! 저는 이사님이 그냥 가신다고 했으면 정말 서운할 뻔했어요."

　"그건 저도 마찬가지예요. 계약에 성공한 당일에도 이사님은 왕자님과 약속이 있다고 나가셨잖아요. 우리끼리 한 잔 어때요?"

　캐서린은 이제 업무가 끝났다고 생각이 들자 한잔하고

싶은 모양이었다.

하기는 사우디에 있는 동안 캐서린이 가장 많이 긴장을 한 것은 사실이었다.

미셀은 비서였지만 캐서린은 업무를 담당하고 있었기 때문에 긴장은 캐서린이 더 많이 할 수밖에 없었다.

"어디로 가서 마실까요?"

"정말 가실 거예요?"

캐서린은 자신이 무심코 한 이야기에 상수가 어디로 갈 것인지를 묻자 얼굴이 환해지며 물었다.

"당연한 이야기죠. 내가 실없는 소리나 하는 사람으로 보였어요?"

"그건 아니고요. 그러면 이사님 피곤하니까 우리 간단하게 칵테일 마시는 것은 어떠세요?"

"좋지요. 어디로 가면 되나요?"

상수는 아직 지리를 모르기 때문에 물은 것이다.

캐서린은 자신이 알고 있는 곳으로 가기 위해 지리를 설명하기 시작했다.

가격도 비싸지 않으면서 분위기가 좋아 자주 이용을 하는 곳이었다.

상수는 캐서린이 가고자 하는 곳으로 차를 몰았다.

이들은 차가 있으면서도 상수의 차에 타고 이동하였다.

칵테일 바에 도착하자 아직 이른 시간인데도 안에는 제법 많은 손님들이 몰려 있었다.

"분위기가 좋네요."

"예, 그래서 저도 자주 오는 곳이에요. 이사님."

상수는 두 미녀를 데리고 캐서린이 단골로 가는 자리로 가고 있었다.

그런데 안에 있는 손님들은 동양인이 미녀를 둘이나 데리고 안으로 들어오자 조금 눈길이 좋지 않았다.

하지만 상수는 그런 것에는 신경을 쓰지 않았다.

자신과 함께 있는 여자들은 어디로 가도 주목을 받을 만한 미녀들이었기 때문에 이런 일은 자주 생기는 일이었다.

캐서린은 자리로 가서 바텐더를 보며 반갑게 인사를 하였다.

"피터! 오늘은 중요한 손님을 모시고 왔으니 정말 잘해 주셔야 해요."

"오, 캐서린 어서 와요. 손님이 오셨으면 당연히 잘해 드려야지요."

피터라는 인물은 캐서린에게 아주 정답게 말을 하고 있었다.

자신의 단골에게 하는 인사가 아니라 진심으로 캐서린을

아끼는 느낌을 주고 있었다.

상수는 캐서린이 이런 곳에 자주 온다는 사실에 생각보다는 캐서린이 분위기에 약할지도 모른다는 생각이 들었다.

"이사님, 여기 앉으세요. 제가 아는 분인데 칵테일에 대해서는 상당한 실력을 가진 분이세요."

"아, 그래요. 오늘 그러면 맛있는 술을 마실 수 있겠군요. 안 그래요, 미셸?"

"예, 저도 기대가 되네요."

피터는 캐서린이 이사님이라는 말을 하자 상수를 보게 되었다.

아직 젊어 보이는 동양인이 이사라는 직책을 가지고 있다는 사실에 조금은 놀라고 있었다.

"어서 오십시오. 오늘 저희 가게를 찾아주셔서 아주 영광입니다."

"하하하, 안녕하세요. 오늘은 캐서린이 이곳을 알려주어 오게 되었습니다. 잔뜩 기대를 하고 있으니 잘 부탁드립니다."

"그럼요. 절대 실망하지 않으실 겁니다. 어떤 것으로 하시겠습니까?"

피터는 말을 하면서 은근히 캐서린을 보았다.

캐서린은 그런 피터의 눈치를 보고 입가에 미소를 지으며 상수를 보며 물었다.

"이사님, 어떤 것으로 주문하실래요?"

"주문은 캐서린이 해주세요. 나는 아직 종류를 모르니 말입니다."

"아, 알겠어요. 그러면 오늘은 제가 주문을 할게요. 미셸도 괜찮지요?"

"나는 항상 좋아요. 오늘 캐서린의 안목을 기대할게요."

캐서린은 그 말이 더 부담이 가는 말이라는 것을 알고 있었다.

하지만 여기를 가자고 한 사람은 자신이었기에 고개를 끄덕여 주었다.

"피터, 우리가 하는 말 다 들었지요? 오늘 내 안목을 믿고 주문을 하시겠다고 하네요. 그러니 특별히 신경을 써서 주세요."

그리고는 바로 주문을 하였고 마지막으로 피터를 보며 한마디를 하는 것을 잊지 않았다.

"하하하, 캐서린. 걱정하지 말라고. 오늘은 내가 특별히 신경을 써서 만들어 줄게."

피터도 캐서린의 말에 웃으면서 자신 있게 대답을 해 주었다.

상수는 칵테일 바가 생각보다는 조용하며 분위기도 있다는 생각이 들었다.

그리고 무대도 있어 그곳에서 노래를 부르는 것이 조금은 인상적이었다.

"여기는 특이하게도 바에서 노래도 부르면서 술을 즐길 수가 있는 곳 같네요?"

"예, 이곳만의 특성이죠. 손님들이 특별히 이용하기 위해서 만들었다고 해요. 하루에 한 번은 가수들이 와서 노래를 불러주고 있어요."

캐서린의 설명에 상수는 고개를 끄덕였다.

괜찮은 조합이라는 생각이 들었다.

칵테일 바가 상당히 고급스럽게 만들어져서 분위기 자체도 좋았지만 무대도 있어 노래를 좋아하는 이들도 오게 만들었기 때문이었다.

"좋네요. 노래도 듣고 술도 마시고 하니 말입니다."

"호호호, 이사님도 노래를 좋아하시나 봐요?"

"예, 좋아하지요. 노래를 들으면서 술을 마시면 운치가 있지 않습니까."

상수의 대답에 캐서린의 눈빛이 빛났다.

사실 캐서린은 노래실력이 상당히 수준급이라는 소리를 듣고 있을 정도로 잘했기 때문이었다.

캐서린의 그런 눈빛을 상수는 주변을 구경한다고 보지 못했지만 말이다.

상수는 캐서린과 미셸을 대동하고 즐거운 분위기에서 술을 마셨다.

술자리가 시작되자 분위기도 또 달라졌다.

캐서린이나 미셸은 마치 카멜레온처럼 시시각각 색다른 분위기를 만들고 있었다.

회사에서는 아주 아름다우면서도 정숙한 모습을 보여주었지만 지금은 또 다른 모습을 상수에게 보여주고 있었다.

두 미녀는 색깔이 달라 미셸은 아주 요염한 모습을 보여주는 반면에 캐서린은 귀여우면서 섹시한 모습을 보여주고 있었다.

"이사님, 우리 오늘 기분도 좋은데 노래 한번 불러요."

캐서린은 처음부터 작정을 하고 있었던 계획대로 상수와 노래를 부르려고 하고 있었다.

상수가 노래를 좋아한다는 말에 캐서린이 즉석에서 계획을 세운 것이다.

"노래요? 좋지요. 그런데 아직은 조금 이르지 않아요?"

"그러면 우리 한잔 더 마시고 해요."

"그렇게 하지요. 캐서린이 부르는 노래 듣고 싶기는 하네요."

상수가 캐서린에게 자꾸 시선이 가자 미셸은 그런 상수의 시선을 자신에게 오게 하기 위해 많은 노력을 하고 있었다.

바텐더인 피터는 그런 상수를 보며 묘한 미소를 지었다.

동양인 남자가 이런 대단한 미녀들의 사랑을 한 몸에 받고 있는 모습은 쉽게 볼 수 있는 것이 아니었기 때문이었다.

'호……, 그 도도한 캐서린이…….'

그만큼 능력이 있는 남자라는 이야기였기에 피터의 상수를 보는 시선이 묘해지고 있었다.

미녀가 남자의 시선을 잡기 위해 몸부림을 치는 것을 보니 피터가 다 안타까운 마음이 들 정도였다.

상수는 그런 미셸을 보며 입가에 부드러운 미소를 지어주었다.

"미셸도 노래를 좋아하지 않나요?"

"저도 좋아하기는 하는데 부르는 것은 잘 못해요."

"하하하, 나도 노래는 잘 못 부르지만 듣기는 참 좋아합니다. 노래를 들으면서 술을 마시는 것이 한때는 저의 삶이기도 했으니 말입니다."

상수의 대답에 미셸은 상수가 음악을 좋아한다는 것을 알게 되었다.

남자나 여자나 음악을 싫어하는 사람은 없을 것이다.

자신도 음악을 싫어하지 않기 때문이었다.

캐서린은 어느 정도 술을 마시자 본격적으로 무대를 보고 있었다.

이미 피터에게 언질을 주어 그런 주문을 하였기 때문에 이제 나가기만 하면 되었다.

지금 캐서린은 상수의 눈치를 보며 기회를 노리고 있는 중이었는데 마침 기회가 왔다.

"이사님, 이제 우리 나가서 노래 불러요. 제가 오늘 이사님을 위해 준비한 노래가 있어요."

캐서린의 고혹적인 음성에 상수는 고개를 돌렸다.

"나를 위해 노래를 부른다고요? 정말로요?"

상수가 놀란 얼굴을 하며 캐서린을 보자 미셸은 짜증이 난 얼굴이었지만 캐서린은 아주 화사한 얼굴이 되었다.

사실 캐서린도 미셸을 상당히 위험한 상대로 보고 있었다.

이곳에 와 미셸의 섹시한 모습을 보니 남자들이 넘어가지 않을 수가 없을 것이라는 생각이 들어서였다.

상수도 그런 미셸을 보는 눈빛이 뜨거워지고 있었기에 캐서린이 중간에 개입을 하게 되었다.

"제가 이사님을 위해 준비한 곡이 있어요. 들어주시겠어요?"

"당연히 들어야지요."

상수는 웃으면서 대답을 하였고 캐서린은 그런 상수의 얼굴을 보며 화사한 미소를 지었다.

"그럼 우리 나가요. 무대에서 이사님을 보며 부르고 싶어요."

무슨 노래인지는 모르지만 캐서린의 부탁으로 상수는 같이 무대로 나가게 되었다.

캐서린이 나가자 피터는 손을 들어 무언가를 지시하고 있었다.

아마도 노래를 준비하라는 지시 같았다.

무대에는 기타와 피아노가 있었지만 캐서린은 마이크가 있는 곳으로 갔다.

상수는 그런 캐서린을 정면으로 볼 수 있는 위치에 서서 캐서린을 보고 있었고 말이다.

미셸은 그런 캐서린의 행동에 화가 났지만 지금 자신이 할 수 있는 것은 없었다.

그렇다고 여기서 화를 내면 자신만 더욱 망가지는 것 같아 최대한 화를 식히고 있었다.

그런 미셸을 보는 피터는 속으로 웃음이 나왔지만 꾹 참고 있었다.

'하, 저 동양 남자가 누구인지는 모르겠지만 이거 보통이

아니네. 캐서린도 상당한 미녀인데 저 미녀도 만만치 않아 보이니 말이야.'

피터는 내심 그렇게 생각을 하면서도 캐서린을 응원하고 있었다.

캐서린이 저렇게 남자에게 관심을 보이는 건 처음으로 보았기 때문이었다.

캐서린이 무대에 올라가는 것에 맞춰서 무대에 조명이 켜지고 음악이 은은하게 흘러 나왔다.

전주가 나오자 캐서린은 눈빛을 빛내며 상수를 지그시 바라보았는데 그 눈빛이 아주 요염이 넘치고 있었다.

하지만 자리에 있던 미셀은 달랐다.

상대를 완전히 매혹시키는 그런 눈빛을 하며 캐서린이 상수를 보고 있으니 미셀로서는 미칠 것만 같았는지 얼굴의 색이 달라지고 있었다.

그런 미셀이 주먹이 쥐고 있다는 사실을 본인은 느끼지 못하고 있는 모양이었다.

캐서린은 잔잔하게 나오는 음악에 몸을 맡기고 리듬을 타기 시작했다.

그리고 조용한 허밍을 시작으로 천천히 노래를 부르기 시작하였다.

"음?"

그런데 캐서린의 목소리가 평상시와는 전혀 다른 음색이어서 상수를 놀라게 하였다.

"이야, 대단한데. 완전히 다른 사람이 노래를 부르고 있는 것 같잖아?"

상수는 놀란 얼굴을 하며 캐서린을 보았다.

그런 상수를 보는 캐서린의 눈빛은 사랑을 갈구하는 그런 눈빛이었다.

하지만 이런 캐서린의 모습은 주변 남자들에게 질투를 느끼게 하고 있었다.

같은 백인도 아니고 동양 남자였기에 더욱 강하게 질투를 느끼는 모양이었다.

캐서린의 노래는 절정에 달했고 그럴수록 캐서린의 애절한 눈빛은 더욱 상수를 갈구하고 있었다.

이는 동시에 미셸에게 질투의 화신이 강림하게 만들고 있었고 말이다.

미셸은 캐서린이 하는 노래를 들으며 화가 났는지 상수의 곁으로 걸어가서는 상수의 팔짱을 끼었다.

그러고는 머리를 살포시 상수의 어깨에 기대며 마치 노래를 감상하는 표정을 짓고 있었다.

"이사님, 노래 참 듣기 좋네요."

미셸은 캐서린이 노래를 잘 부르는 것을 칭찬하며 상수

의 어깨에 머리를 기대고 있었다.

"음? 어어……."

상수는 캐서린의 노래에 빠져 있다가 곤란한 표정이 되었다.

미셸이 이렇게 나올 줄은 생각지 못한 것인지 아주 어색한 얼굴이 된 것이다.

지금 상황은 미녀들이 내놓고 유혹을 하고 있으니 아무리 상수라도 당황스러울 수밖에 없었다.

캐서린은 자신이 노래는 부르는 동안 미셸이 하는 짓을 보고는 열불이 나고 있었다.

그래도 노래는 마무리를 해야 했기에 최대한 마음을 자제를 하고 노래를 끝까지 불렀다.

고혹적인 음성의 캐서린의 노래가 끝나자 사방에서 박수를 쳤다.

짝짝짝!

"브라보! 아주 잘 불렀어요!"

"앙코르! 다시 불러줘요!"

남자들은 캐서린의 노래에 앙코르를 열창하고 있었지만 지금 캐서린은 그런 앙코르가 중요한 것이 아니었기에 바로 마이크를 두고 상수에게 걸어왔다.

"이사님, 제 노래가 어땠어요?"

캐서린은 마음을 진정시키고 고혹적인 음성으로 상수를 보며 물었다.

"정말 잘 불렀어요. 나는 캐서린에게 그런 재능이 있는지는 몰랐습니다. 정말 깜짝 놀랐습니다."

미셸이 팔짱을 끼는 바람에 박수를 치지 못했지만 입으로 하는 칭찬은 얼마든지 해줄 수가 있었다.

캐서린은 그런 상수의 칭찬에 눈빛을 빛내고 입가에는 아름다운 미소를 지으며 말을 하였다.

"그러면 이사님, 한 가지 부탁이 있는데 들어주세요?"

"무슨 부탁인데요?"

"저를 위해 노래 한 곡만 불러 주세요."

상수 역시 노래를 좋아하기는 하지만 불러주는 것은 다른 문제였기에 조금은 곤란한 얼굴이 되었다.

하지만 캐서린이 저렇게 간절한 얼굴을 하며 부탁을 하는데 못하겠다는 소리를 할 수는 없었다.

상수는 남자였고 여기는 놀러 왔는데 이왕에 노는 것이라면 화끈하게 놀자는 생각이 들었다.

"좋습니다. 그런데 저는 한 곡으로는 양이 차지 않으니 세 곡을 연속으로 부르겠습니다. 어때요?"

상수의 대답에 캐서린은 환한 얼굴을 하고 대답을 했다.

"고마워요. 역시 우리 이사님이 최고예요."

캐서린은 그러면서 피터를 보았다.

피터는 이미 돌아가는 상황을 보았기에 즉시 고개를 끄덕여 주었다.

아마도 이 가계에서는 피터의 힘이 가장 막강한 모양이었다.

상수는 캐서린 덕분에 무대에 서게 되었고 자신이 알고 있는 노래 중에 세 곡을 선택하여 말해 주었다.

한 곡은 블루스 음악이었지만 두 곡은 디스코 음악이었다.

음악을 받아 가는 남자는 상수의 선곡에 묘한 얼굴을 하며 돌아갔다.

첫 곡은 블루스 음악이었고 상수는 음악의 리듬에 따라 아주 감미로운 음성으로 노래를 불렀다.

남자의 음성이라고는 생각지 못할 정도로 감미로운 음성.

노래를 부르는 상수를 보는 캐서린의 눈빛은 이미 몽롱해져 가고 있었다.

이는 미셸도 마찬가지였고 주변에 캐서린 때문에 질투의 눈빛을 보이던 남자들도 의외의 눈빛을 하며 상수의 노래에 귀를 기울였다.

그렇게 감미로운 노래가 끝이 나자 곧이어 디스코 음악

이 나왔다.

상수는 신나는 음악이 나오자 바로 정장의 겉옷을 벗어
버렸다.

그리고는 아주 신나게 노래를 부르며 몸을 움직였는데
그 움직임이 아주 전문적인 춤꾼의 실력이었다.

"이사님이 춤 실력이 장난이 아니네?"

"정말 대단하시네요?"

두 미녀는 상수가 춤을 추며 노래를 부르는 광경을 보며
진심으로 놀라고 있었다.

이는 미녀들만 그런 것이 아니라 주변에 있던 사람들도
마찬가지였다.

처음 질투의 눈빛을 던지던 남자들도 어깨를 절로 움직
이며 움직이는 것이 신이 나고 있었다.

피터는 상수가 노래를 부른 후, 가게 안에 있던 모든 사
람들을 완전히 장악하고 있는 것을 보고는 놀라고 있었다.

"미, 믿을 수 없어⋯⋯."

피터는 상수의 실력을 보고는 진심으로 감탄을 하고 있
었다.

'저런 실력을 가지고 있는데 어째서 아직도 알려지지 않
았을까?'

상수가 그렇게 춤을 출 수 있는 것은 특별히 춤을 배우거

나 해서 그런 것이 아니다.

기본적인 동작이야 텔레비전을 통해 배운 것이지만 혈기가 몸에 익숙해짐에 따라 자신의 몸을 완전히 컨트롤을 할 수가 있어서 춤 동작을 마음껏 표출하고 있는 것이었다.

노래 세 곡을 마치고 무대를 떠나는 상수에게는 기립박수가 쳐지고 있었다.

짝짝짝!

"브라보!"

"오늘 내가 눈을 완전히 개안을 한 것 같다. 정말 춤과 노래, 모두 환상적이었다."

"동양인이지만 정말 잘했어. 환상 그 자체였으니 말이야."

사람들은 진심으로 감탄을 하였다.

당연히 상수를 바라보는 눈빛도 아주 호의적으로 변해 있었다.

상수는 마지막 노래에서 자신의 이마에 넥타이를 감고 마치 마당쇠처럼 열심히 노래를 불렀다.

이 모습이 모여 있는 모든 사람에게 아주 신선하게 보였던 모양이었다.

한국에서는 가끔 놀 때 하는 짓이기는 했는데 말이다.

"이사님, 정말 수고하셨어요. 어머, 이 땀 좀 봐."

미셸은 상수가 무대에서 내려오자 바로 찰떡같이 붙어 들고 있는 수건으로 상수의 이마에 흐르는 땀을 닦아주고 있었다.

"대… 단해……."

하지만 캐서린은 지금 상수를 보며 멍한 얼굴을 하고 있었다.

사실 캐서린은 가수가 꿈이었다.

중간에 좌절을 하고 진로를 바꿔 지금 이 자리에 있지만 아직도 그때의 열망을 잊지 않고 있다.

그렇기 때문에 캐서린은 지금 상수가 얼마나 대단한 무대를 보였는지 알 수 있었다.

상수는 이왕에 놀 거면 화끈하게 놀아야 한다는 생각을 미국에서도 실천을 하였다.

"고마워요. 오늘 정말 그동안 쌓였던 스트레스를 푸는 것 같네요. 미셸."

"잘하셨어요. 저도 오늘 이사님의 새로운 모습을 보게 되어 정말 좋았어요."

미셸은 아주 달콤한 말을 하며 상수에게 접근하고 있었다.

상수는 그런 미셸이 싫지는 않았다.

하지만 두 개의 떡을 들고 어떤 것을 먼저 먹을지는 오로지 본인이 결정을 해야 하는 문제였다.

잠시 멍해 있던 캐서린이 다시 자리에 참여했고, 세 남녀는 즐겁게 술을 마셨다.

자리를 정리하고 나오면서 상수는 피터에게 명함을 하나받았다.

"나중에 연락을 한번 주세요. 정말 노래 실력이 타고났으니 기회가 되면 다시 한 번 더 노래를 듣고 싶어서 말입니다."

"하하하, 고맙습니다. 하지만 그럴 기회가 있을지는 저도장담을 하지 못하겠네요."

상수는 그렇게 말을 하였지만 명함을 받아 두었다.

사람의 일이라는 것이 어떻게 될지를 알 수가 없으니 말이다.

가게를 나와 상수는 아주 즐거운 얼굴을 하며 두 미녀를보며 인사를 했다.

"자, 우리는 이만 여기서 헤어져야 할 것 같습니다. 내일회사에서 봐요."

상수는 그렇게 인사를 하고는 빠르게 사라지고 있었다.

두 미녀는 상수가 그렇게 급하게 사라지자 잠시 황당한표정을 지었다.

그녀들로서는 아무런 애프터도 없이 이렇게 헤어질 줄은

몰랐던 것이다.

그리고 잠시 후, 그 원망이 상대에게 쏟아졌다.

그러면서 둘은 불꽃이 뛰는 눈으로 서로를 보았다.

"캐서린, 정말 이럴 거예요?"

"제가 할 말이네요."

"우리 공평하게 하자고 하지 않았나요?"

"노래를 부르는 것이 문제가 있다고 생각지는 않네요. 그 덕분에 이사님의 노래와 춤을 보게 되었으니 말이에요. 아닌가요?"

캐서린의 말에 미셸은 바로 대답을 할 수가 없었다.

지금 하고 있는 말은 자신도 답변을 할 수 없을 정도로 틀린 내용이 없었기 때문이었다.

"그래서 어떻게 하자는 말인가요?"

미셸은 반발을 하듯이 물었다.

캐서린이나 미셸이나 솔직히 상수를 놓치고 싶지 않은 것은 사실이었다.

"우리 모두 이사님을 좋아하고 있는 것이 사실이니 공평하게 경쟁을 하려고 했는데 막상 닥치면 그게 쉽게 되지 않는다고 생각 돼요."

"그래서요?"

캐서린의 말에 미셸이 날카롭게 되물었다.

"그래서 하는 말인데 이사님과 먼저 잠자리를 하는 사람이 승부에서 이기는 것으로 하는 게 어때요?"

캐서린의 말에 미셸은 눈빛이 달라지기 시작했다.

상수와 잠자리를 하면 승리를 하는 것으로 하자고 하니 솔직히 자신도 있었고 말이다.

자신은 상수와 함께하는 시간이 캐서린보다 많았기 때문이었다.

"좋아요. 나는 찬성이에요."

"그러면 우리 그렇게 하기로 하고, 회사에서는 소문이 나지 않도록 각자 조심하기로 하지요. 그게 서로에게도 좋은 일이니 말이에요."

그 이야기는 미셸도 찬성이었다.

잘되었으면 몰라도 만약에 좋지 않게 마무리가 되었는데 소문이 먼저 퍼지게 되면 서로에게 좋은 일이 없었기 때문이다.

"좋아요. 나도 찬성이에요. 캐서린."

두 미녀는 대화를 하면서도 서로의 감정을 숨기지 않고 있었는데 그런 그녀들의 눈에서는 불꽃이 튀기고 있었다.

제9장 대학 공부

한편 상수는 바에서 헤어진 길로 곧장 자신의 숙소로 돌아갔다.

술을 마셨지만 바뀐 몸 탓인지 취기가 없어 운전하는 데는 무리가 없었다. 그러나 여자들이 있어 운전은 하지 않고 그냥 택시를 타고 돌아온 것이다.

"휴우, 이거 앞으로가 더 걱정이네."

상수는 두 미녀 때문에 고민이 되었다.

아니, 솔직히 말하자면 두 명의 여자가 다 마음에 들어서 고민이었다.

"휴, 그나저나 나도 내 마음을 모르겠으니… 문제는 문제네……."

캐서린과 미셸 중 한 명만 마음이 가면 선택을 하기 쉬운데 그렇지가 않아서 문제였다.

과거의 기억을 잊고 있는지 몰라도 상수가 요즘은 아주 배가 불러 있었다.

과거에는 여자도 없었던 놈이 지금은 아름다운 미녀가 둘이나 생겼으니 그런 것인지는 몰라도 말이다.

"적당하게 해야지. 이러다가 나중에 정말 곤란한 일이 생길 수도 있겠어. 한국에 계신 어머니가 이런 사실을 알게 되면 아마도 날 패 죽이려고 할 거야."

어머니는 국제결혼에 대해서 좋지 않은 생각을 가지고 계셨다.

한번은 방송에 한 농촌 청년이 외국인과 결혼을 하는 장면이 나왔는데 그때 어머니가 하신 말씀이 있었다.

한국에도 여자가 많은데 얼마나 능력이 없으면 물 건너까지 가서 신부를 구해 오냐고 하시며 자신을 보고는 절대 외국 여자랑 결혼은 생각지도 말라고 신신당부를 했었다.

"에이, 여자 생각은 그만하고 내가 앞으로 회사에서 얼마나 성장할 것인지만 생각하자. 나 좋다고 하는 여자에게 냉정하게 대할 수는 없는 일이니 말이야."

상수는 오는 여자 안 막고 가는 여자 안 잡겠다는 생각을 가지고 있었다.

아무튼 상수의 생활에는 많은 변화가 생기게 되었고 카베인에서도 상수의 위치가 이번 일로 인해 상당히 급상승하는 결과를 보였다.

덕분에 특수부는 회사에서도 아주 인기 있는 부서가 되었고 말이다.

직장인이 가장 원하는 건 뭐니 뭐니 해도 높은 임금이다.

연봉이야 연초에 결정되니 그 이후에는 성과를 높여 보너스를 받는 일일 것이다.

그런데 지금 특수부는 올해만 해도 벌써 두 번이나 성과 보너스를 받고 있으니 다른 부서에서 그런 특수부를 부러운 눈으로 바라보고 있는 건 당연했다.

"이번에 특수부는 또 보너스를 받는다고 하더라?"

"또? 얼마 전에 받았었잖아?"

"성과가 장난이 아니니 또 받겠지."

"하긴… 이번에도 한 건 했다더라. 얼마나 받는데?"

"나도 금액은 모르지만 받는다고 하니 얼마나 좋아. 금액도 중요하지만 보너스를 받는 것도 중요하니 나는 금액은 적어도 보너스라는 것 좀 받아 보고 싶다."

"나도 그래. 특수부 놈들 아주 살판이 났겠네."

회사 직원들은 삼삼오오 모이면 특수부를 부러운 시선으로 바라보았다.

이튿날 아침에 출근을 하면서 상수 역시 그런 소리를 듣고 절로 입가에 흐뭇한 미소를 지었다.

'흐흐흐, 당연히 부러워해야 할 거다. 앞으로 특수부는 더욱 많은 보너스를 받게 될 것이니 말이야.'

상수는 그렇게 생각하며 사무실로 갔다.

"안녕하세요. 즐거운 아침입니다. 이사님."

상수는 미셸이 아침부터 입고 있는 옷을 보고는 놀라고 있었다.

미셸은 아주 짧은 미니에 가슴골이 파여진 티를 입고 있었는데 인사를 하니 거의 가슴이 다 보였다.

상수는 이제 본격적인 유혹의 시작이라는 생각이 들어 크게 심호흡을 하였다.

"미셸, 오늘 의상이 아주 독특하네요? 좋아 보여요."

상수는 그렇게 칭찬을 해 주고는 자신의 사무실로 들어갔다.

미셸은 상수의 말에 한가득 미소를 지으며 아주 기뻐하고 있었다.

"호호호, 이사님도 드디어 내 몸매에 감탄을 하고 있는 거야."

미셸이 그렇게 생각하고 웃음을 짓고 있을 때 특수부에서도 아침부터 묘한 눈길이 한 사람에게 몰려 있었는데 바로 캐서린의 의상 때문이었다.

캐서린은 정장을 차려입기는 했지만 아주 섹시한 멋을 부렸는데 미니에 상의 남방의 단추를 풀어 놓아서 가슴이 거의 보이게 하고 있었다.

남자들의 시선은 거의 캐서린의 가슴에 가 있었다.

'호호호, 이 정도면 이사님도 충분히 넘어 오겠지?'

캐서린은 다른 남성들의 반응을 보고는 상수도 이 정도면 넘어 올 것으로 판단하고 있었다.

캐서린이 이런 복장을 하고 출근을 한 이유는 이제 미셸과 확실하게 승부를 보기 위해서였다.

상수와 먼저 잠자리를 하는 여자가 승리하는 것으로 합의하였으니 이제는 본격적으로 상수를 유혹해야 하는 입장이었기 때문이다.

상수 덕분에 특수부는 때아닌 눈이 호강을 하고 있었지만 말이다.

＊　　＊　　＊

부회장은 지금 자신의 책상에서 하나의 보고서를 보고

있었는데 안색이 그리 좋지 않았다.

"아니, 이걸 보고서라고 가지고 온 것인가!"

부회장이 보고 있는 보고서에는 상수의 학력이 나와 있었다.

최종 학력 : 고졸.

고졸의 학력을 가지고 있는 자가 5개 국어를 능숙하게 사용한다는 것은 상식적으로 말이 되지 않는 이야기였다.

보고서를 제출한 비서도 안의 내용을 보았지만 이해를 하지 못하고 있었다.

"오늘 도착한 것이라 저는 그대로 전해 드린 겁니다. 부회장님."

하기는 비서가 무슨 잘못이 있겠는가?

부회장은 은근히 화가 났지만 그렇다고 죄도 없는 비서에게 화를 낼 수는 없는 일이었다.

"알겠으니 그만 나가보게."

"예, 부회장님."

비서가 나가자 부회장의 얼굴은 잔뜩 일그러졌고, 바로 수화기를 들어 어디론가 전화를 걸었다.

─여보세요?

"자네 이따위를 보고서라고 가지고 온 것인가!"

상대가 수화기를 들자마자 부회장은 커다란 목소리로 소리쳤다.

—부회장님, 저도 처음 보고서를 보고, 믿을 수가 없어 다시 한 번 확인을 해보았지만 한국에서의 그의 최종 학력은 고졸이었습니다. 아마도 능숙한 외국어 실력은 개인적으로 따로 배운 것으로 추정이 됩니다.

"아니, 그런 학력을 가진 자가 어떻게 우리 회사에 입사를 하게 되었는가? 그것도 평사원도 아닌 차장이라는 높은 직급으로 말이야?"

—한국의 리처드 지사장이 고용하였다고 합니다. 그의 능력이 너무 마음에 들어 바로 고용을 하겠다고 하여 본사에서는 바로 수용을 한 것으로 압니다.

리처드라면 부회장도 알고 있는 인물이었다.

대인관계가 좋고 그 능력도 제법 상당한 인물이었기 이번에 한국지사에 지사장으로 나가 있는 인물이었다.

그는 능력이 있는 인물이기 때문에 아마도 지사에서 조금만 더 경력을 쌓으면 본사의 이사 발령이 유력하게 예정되는 사람이었다.

"리처드가 회장의 라인이었던가?"

—아닙니다. 리처드 지사장은 아직 어디에도 소속이 되

지 않은 인물입니다. 스스로 파벌에 관심이 없는 인물이기도 해서 다른 사람들과 크게 마찰이 없는 인물이기도 합니다.

부회장은 말을 들으면서 상수가 리처드의 추천으로 본사로 오게 되었다는 것을 알게 되었다.

그러면서 한 가지 계략이 떠올랐다.

바로 학력을 가지고 따지게 되면 상수의 입지가 흔들릴 수가 있다는 생각이 들어서였다.

우선 자신이 아주 좋은 정보를 가지게 되었으니 상수를 자신의 세력으로 끌어들일 수 있는 방법이 될 수도 있었기 때문이다.

"좋아, 다른 보고는 없는가?"

─예, 저희가 알아본 정보는 그것이 전부였습니다. 부회장님.

"수고하였네. 나중에 따로 시간을 내서 한번 보도록 하지."

─감사합니다. 부회장님.

전화를 마친 부회장의 얼굴에는 갑자기 묘한 미소가 생기고 있었다.

'흐흐흐, 전혀 생각지도 못한 수확을 얻었군그래. 학력이 딸린다는 말이지? 그렇다면야… 방법이 있지.'

부회장은 무언가 의미심장한 미소를 지었다.

상수를 곤란하게 할 방법이 생각난 모양이었다.

한편 상수는 그런 사실을 모르고 근무시간에 짬을 내 인터넷을 통해 미국의 대학에 대해 알아보고 있었다.

통신으로도 대학을 다닐 수가 있다는 것을 알기에 최소한 대학을 졸업을 해야 나중에도 문제가 생기지 않을 것이라는 생각을 하고 있었기 때문이다.

카베인의 이사라는 놈이 고졸이라고 하면 남들이 이상하게 생각할 수도 있었기에 그런 이상한 시선을 받지 않으려면 대책을 세워야 했기 때문이다.

그리고 미국은 월반이라는 제도가 있기 때문에 상수는 그것을 이용해서 가장 빠른 졸업을 목표로 하고 있었다.

상수는 미국에 있는 명문 대학에 대한 조사를 하였고 경영학 부분에서는 하버드가 가장 좋다는 이야기를 듣고는 고민을 하게 되었다.

"음, 하버드가 좋기는 한데… 대학이 나에게 필요한가?"

상수는 한참을 고민하다가 이런 문제는 자신도 도움을 받는 것이 좋을 것 같아 피터슨 회장을 찾아가게 되었다.

미국의 유명인인 피터슨 회장이라면 무언가 방법이 있을 것이라는 생각이 들어서였다.

그리고 어차피 회사를 다니고 있으니 학교에 가는 문제도 사실은 이야기를 먼저 해 두는 것이 좋다고 생각이 들어서였다.

상수는 바로 회장실로 가서는 회장에게 면담을 신청하였다.

"특수부 이사가 회장님과 면담을 청하러 왔습니다."

"정 이사님, 잠시만 기다려 주세요."

회장의 비서는 상수의 얼굴을 알고 있는지 상수가 말을 하자마자 곧장 회장에게 보고하러 갔다.

이는 피터슨으로부터 상수가 오면 우선적으로 자신에게 보고를 하라는 지시가 사전에 있었기 때문이었다.

똑똑똑.

"들어와."

문이 열리면서 비서가 들어와서 보고를 하였다.

"회장님, 특수부 정 이사가 면담을 청하였습니다."

"정 이사가 면담을? 오늘 이 시간 이후에 스케줄이 있나?"

"점심시간까지는 시간이 비어 있습니다. 회장님."

"그러면 들어오라고 해."

"예, 회장님."

비서는 회장의 지시를 받고 바로 나와 상수를 보며 들어

가라는 말을 전했다.

"안에 들어가시면 됩니다. 이사님."

"고마워요."

상수는 비서를 보며 빙긋이 웃어주었다.

그런 상수의 미소에 비서는 얼굴이 붉어지고 있었지만 상수는 이미 등을 돌렸기에 알 수가 없었다.

상수가 회장실의 문을 열고 안으로 들어가는 모습을 보고 있는 비서는 자신의 얼굴을 손으로 살며시 만지고 있었다.

요즘 회사에서 가장 인기가 있는 인물이 바로 상수였고 아직 미혼이라는 사실이 알려지면서 모든 여사원들에게 선망의 대상이 되어 있는 남자였다.

그런 남자가 자신을 보며 미소를 지어주니 비서도 이상하게 가슴이 떨렸던 것이다.

"아니, 자네가 어쩐 일로 내 방에 다 왔는가?"

피터슨은 상수를 보자 기분 좋은 미소를 지으며 물었다.

"저기… 회장님. 사실은 제가 미국의 대학에 관심이 있습니다."

그러면서 상수는 자신이 한국에 있을 때 학벌에는 관심이 없어서 개인적으로 공부를 하였고, 지금 사용하고 있는 외국어 및 다른 지식들도 독학으로 이루었다고 약간은 거짓말을 보태서 이야기하였다.

피터슨 회장은 지금 상수가 말하고 있는 것들을 이미 알고 있었다.

자신이 주시를 하고 있는 인물인데 그에 관한 정보를 모를 수가 없었기 때문이었다.

상수는 그러면서 미국의 대학에 진학을 하고 싶다는 이야기를 하였다.

최소한 대학 졸업장은 가지고 있어야 나중에 문제가 되지 않을 것이라는 생각이 든다고 말이다.

'허어, 외국어를 혼자 공부하여 마스터하였다는 말이지 않는가?'

피터슨 회장은 상수가 하는 말을 들으면서 속으로는 조금 놀라고 있었다.

바로 누구의 지도를 받지 않고 혼자 외국어를 공부하였다는 점에서였다.

언어라는 것이 혼자서 공부를 한다고 실력이 느는 것이 아니라는 것을 피터슨도 잘 알고 있었기 때문이다.

상수는 독학으로 외국어를 마스터하였다는 점에서 보면 엄청난 노력을 하였다는 생각이 들었다.

"그래, 무슨 말인지는 알아들었고 나에게 할 말이 대학을 가고 싶다는 것은 아닐 거고 어떤 것인가?"

"예, 제가 여기 와서 고른 대학이 많았는데 그중에 경영학 공부는 하버드가 가장 좋다고 판단이 되었습니다. 그래서 학교를 다니지 않고 리포트만 제출하는 걸로 학점을 딸수는 없는지 알고 싶어서 오게 되었습니다. 아무래도 회사일이 먼저라서 회사를 다니면서 학점을 딸 수 있는 방법을찾고 있습니다."

피터슨은 상수의 말이 회사를 다니면서 학교도 졸업을 하고 싶다는 말로 들렸다.

그리고 학점을 따야 졸업을 하는데 이를 리포트 제출하는 것으로 대신하고 싶다고 하였기에 피터슨은 잠시 생각을 해 보았다.

자신의 회사가 미국에서 제법 규모가 있는 회사로 이름이 알려져 있었고 그런 회사의 이사로 재직을 하고 있는 상수라면 잘만 하면 가능성이 있을 것도 같아서였다.

그리고 이런 일을 도와주면 나중을 위해서도 좋을 것 같아서였다.

"무슨 말인지는 알겠는데 배우지 않고 리포트를 제출할수 있겠나?"

피터슨이 걱정하는 부분은 바로 이 문제였다.

무언가를 배워야 리포트를 제출할 것이 아닌가 말이다.

"저도 경영학에 대해서는 나름 공부를 하였으니 리포트를 제출하는 것은 그리 어렵지 않을 겁니다. 다만 제가 아는 선이 없어 방법을 몰라 회장님을 찾아오게 된 겁니다."

피터슨은 상수의 대답에 다시 놀라고 있었다.

공부는 이미 해 두었으니 걱정이 없다는 말로 들렸기 때문이었다.

그렇다면 학벌이 필요하다는 것인데 그 문제는 자신의 인맥을 이용하면 가능성이 있었다.

하지만 하버드라는 곳은 실력도 없는 사람을 졸업시키는 그런 곳이 아니다.

해서 피터슨은 그런 상수를 보며 물었다.

"다시 한 번 묻겠네. 정말 실력을 자신할 수 있는가? 만약 자네 실력만 확실하다면 방법이 있을 것도 같아서 하는 말이네."

피터슨은 말을 하며 상수의 기색을 살폈다.

이런 말이 자칫 자신이 상수를 무시한다고 느낄 수도 있기 때문이었다.

"하버드의 교수가 직접 질문을 하게 될 것이기 때문에 묻는 것이네. 자네의 말대로 그렇게 하려면 학교에서 자네의 실력을 증명할 무언가가 있어야 하지 않겠는가."

피터슨의 말을 들은 상수는 확실하게 대답을 하였다.

"만약 제가 테스트를 해서 떨어지게 되면 두 번 다시는 이런 이야기를 하지 않을 것입니다. 회장님."

상수의 대답에 피터슨은 상수가 확실히 자신의 실력에 대한 자부심을 가지고 있다는 생각이 들었다.

"음, 자네가 그렇게까지 말한다면야 내가 한번 알아보고 연락을 하도록 하겠네."

"네, 감사합니다. 회장님."

"하하하, 그나저나 이번 부탁으로 자네는 나에게 빚을 지게 되었다는 것을 잊지 말게."

"하하하, 알겠습니다. 언제든지 말씀만 하십시오. 저는 갚을 준비를 하고 대기하고 있으니 말입니다."

상수의 시원한 대답에 피터슨은 입가에 미소를 지었다.

상수와 이야기를 하면 정말 시원해서 좋았다.

어떤 문제라도 상수와 있으면 해결이 될 것 같은 그런 기분이 들어서였다.

"허허허, 나는 자네의 그런 모습이 참 좋아 보이네. 앞으로도 그런 변함없는 모습을 보여주었으면 하네."

"예, 회장님. 저의 모습은 어제도 오늘도 내일도 변하지 않을 겁니다."

상수의 이 말은 피터슨에게 묘한 여파를 주고 있었다.

상수가 나가고 나자 피터슨은 상수의 말 중에 어제 오늘

그리고 내일도 변함이 없다는 그 말이 가슴속에 남아 아직
도 묘한 울림을 전하고 있었다.

"허허허, 젊음만 있는 것이 아니라 사람을 감동시키는 재
주도 있는 친구일세."

피터슨은 그렇게 생각을 하며 웃게 되었다.

자신이 이렇게 흐뭇하고 따뜻하게 느낌을 받은 기억이
참으로 오랜만이라는 생각이 들었다.

                    *   *   *

상수는 사무실로 돌아왔다.

"미셸, 지금부터 중요한 일이 아니면 연락을 하지 말아줘
요. 안에서 급하게 해야 하는 일이 있으니 말이에요."

"예, 이사님."

미셸의 대답과 함께 상수는 안으로 들어갔다.

상수는 지금부터 대학의 경영학에 대한 공부를 할 생각
이었다.

하버드에 학생들이 제출한 리포트를 구할 수는 없지만
그 비슷한 것들은 구할 수가 있었기 때문에 공부를 하는 일
은 크게 문제가 되지 않았다.

상수가 회장 앞에서 그렇게 큰소리를 친 것에는 다 이유

가 있었다.

우선은 바로 자신의 명석한 머리다.

그 머리를 최대한 활용해 인터넷으로 볼 수 있는 것은 모두 머릿속에 집어넣을 생각이었기 때문이다.

회장과의 면담 이후로 상수의 생활패턴에 변화가 왔다.

바쁜 업무 중에도 틈틈이 경영학 공부를 시작한 것이다.

그렇다고 특수부가 변하는 것은 아니었다.

상수는 공부를 할 때는 최대한 집중을 하고 있었고 틈틈이 부서의 일도 처리를 하며 매우 바쁜 생활을 하고 있었다.

오히려 그 덕분에 두 미녀의 속이 타고 있다는 사실도 모르고 말이다.

"요즘 이사님은 무슨 일을 하시는 거예요?"

"저도 잘 모르겠어요. 요즘엔 급한 일도 없는데⋯ 방에 들어가시면 나오시지를 않아요."

캐서린과 미셸은 상수가 일에 치여 있는지 아니면 다른 일을 생각하고 있는지는 모르지만 전과는 다르게 자신들에게 신경을 써주지 않아 지금 몹시 불안한 상태였다.

자신들은 그런 상수를 보며 애가 타고 있는데도 말이다.

상수는 미국의 대학이 한국과는 다르게 상당히 개방적인 사고방식을 가지고 있다는 것을 알게 되었다.

"흠, 한국식으로 공부를 했다가는 바로 탈락하겠네. 그러면 방법을 바꾸어야겠다."

상수는 그렇게 다른 방식을 선택하였고 일사천리로 진행되고 있었다.

경영학에 관한 책은 모두 인터넷으로 구매를 할 수가 있으니 구매를 하여 보고 있었고 따로 논문이나 리포트도 구입을 하여 보고 있었기 때문이다.

물론 수많은 리포트 중 대다수는 그리 중요한 리포트가 아니었지만 많은 리포트를 보며 논문의 기, 승, 전, 결을 배우게 되었고, 많은 사례들도 간접적으로나마 체득하게 되었다.

"우리 회사에 하버드 나온 사람은 없나? 리포트 좀 구했으면 좋겠는데 말이야."

남들이 생각하는 것을 알 수가 있다면 더욱 도움이 될 것 같아 하는 생각이었다.

그러다가 미셸과 캐서린이 생각이 난 상수였다.

상수는 문을 열고 나가면서 미셸을 보며 말했다.

"미셸, 혹시 대학은 어디를 나왔나요?"

"저요? 저는 스탠포드를 나왔는데요. 왜 그러세요?"

"아, 그래요? 혹시 하버드 나온 사람들 중에 아는 사람은 없나요?"

미셸은 상수가 하는 말을 들으며 조금 이상한 생각이 들었다.

갑자기 대학에 대한 질문을 하고 있었기 때문이었다.

회사의 업무와 대학은 연결고리가 없었기 때문이었다.

"이사님, 무슨 일이신데 그러세요? 제가 알면 도움을 드릴 수가 있을 것 같은데요."

상수는 미셸의 말을 듣고는 자신의 사정을 이야기해 주기 시작했다.

미셸은 상수가 하는 이야기를 들으면서 놀라는 정도가 아니라 기절을 할 뻔했다.

고졸의 학력을 가지고 있다는 상수의 말에 미셸은 더욱 놀라지 않을 수가 없었다.

저렇게 대단한 사람이 대학을 나오지 않았으리라고는 상상도 하지 못했기 때문이었다.

그리고 가장 놀란 것은 독학으로 5개 국어를 배웠다는 대목에서였다.

"이, 이사님… 사람이 맞으세요?"

"아니, 미셸. 내가 괴물로 보여요?"

상수는 미셸이 놀라는 얼굴에 자신의 얼굴을 더욱 가까이 대고 물었다.

그러자 미셸은 상수의 숨소리까지 들렸고 이내 얼굴이

붉어지고 말았다.

두근두근.

느낌이 아주 묘한 것이 심장이 미친 듯이 뛰기 시작했다.

미셸이 얼굴을 붉히는 것을 보니 상수도 기분이 묘해지는 것 같았다.

아름다운 미녀가 자신을 보며 얼굴을 붉히고 있으니 상수도 마음이 묘하게 이상해졌다.

두 사람은 잠시지만 그렇게 묘한 분위기를 느끼고 있었고 상수가 먼저 정신을 차리고 미셸을 보며 입을 열었다.

"미셸, 나를 좀 도와줄래요?"

미셸은 상수의 부드러운 음성에 화들짝 놀란 얼굴을 하며 눈이 동그레져 상수를 보았다.

"무… 엇을요?"

"왜 그렇게 놀라고 그래요? 내가 미셸을 잡아먹어요?"

상수의 말에 미셸은 또 얼굴이 붉어지고 말았다.

바로 상수가 잡아먹는다는 소리를 하니 갑자기 자신과 상수가 밤을 보내는 장면이 생각이 나서였다.

미셸은 자신이 이러고 있으면 계속 놀림을 당한다는 생각이 들었다.

"이사님, 그만하세요."

미셸의 대답에 상수는 무슨 소리인지 알아듣지 못하고

있었다.

자신이 부탁하려고 하는 것은 대학생들이 제출하는 리포트인데 미셸이 갑자기 얼굴을 붉히는 것이었기 때문이다.

"미셸, 내가 실수한 것이 있나요? 나는 그냥 미셸에게 부탁을 하려고 하였는데요?"

상수는 정말 그런 것이었기 때문에 얼굴에 의문스러운 표정을 짓고 있었다.

미셸은 상수의 의문스러운 얼굴을 보고는 자신이 오해를 하였다는 사실을 알게 되었다.

순간의 분위기 때문에 이런 오해를 하게 되었지만 미셸은 상수가 저렇게 의문스러운 얼굴을 하는 것을 보고는 달아올랐던 열기가 순식간에 사라져 버리는 기분이었다.

좀 오해를 하게 두지. 좋았던 기분을 순식간에 날려 버리는 짓을 하고 있었기 때문이다.

미셸은 자신의 마음을 진정시키고는 정중하게 물었다.

"앞뒤 자르고 도와달라고 하면 제가 어떻게 알아요. 무엇을 말하시는지 정확하게 말씀해 주셔야 알지요."

"내가 미셸에게 내 이야기를 한 이유는 나를 좀 도와달라는 뜻이에요. 다른 일이 아니라 하버드에서 경영학을 배우는 학생들이 제출하는 리포트를 얻을 수 있었으면 해서요."

"리포트를요? 그런 건 구하기 쉽지 않을 텐데요?"

리포트라는 것이 자신의 실력을 교수에게 보여주는 것이기 때문에 학교에서도 관리가 철저하다.

그렇다 보니 아무래도 구할 방법이 없었다.

"내가 원하는 리포트는 그냥 일반적인 학생들이 제출하는 것들입니다. 나는 저들의 생각과 사고의 틀을 알고 싶어서 리포트를 보려는 겁니다."

"이사님, 그러면 리포트보다는 인터넷으로 확인하는 것이 빠를 텐데요?"

"인터넷으로 확인을 한다고요?"

상수는 미셀의 말에 의문이 들어 물었다.

미셀은 상수가 아직 그런 것에 대해서는 잘 모르고 있다는 생각이 들어 자세하게 설명을 해 주었다.

"대학생들은 집이 멀어서 서로 대화를 하는 장소가 따로 있어요. 그 안에 가시면 각 리포트에 대한 것과 서로 간의 생각에 대한 것들이 아주 자세하게 나와 있으니 보시면 많은 도움이 될 겁니다."

상수는 미셀이 하는 이야기를 들으며 자신이 조금 빨리 물어보았으면 이런 고생을 하지 않아도 되었다는 생각이 들었다.

"미셀, 거기가 어디인지 좀 알려주세요. 요즘 내가 그것들을 알아본다고 고생을 하고 있습니다."

"호호호, 알았어요. 알려드릴게요. 이사님."

미셀은 상수가 공부에 대한 열정이 대단하다고 생각이 들었다.

그리고 지금이라도 대학을 가려는 그 마음이 미셀에게는 크게 감동을 주고 있었다.

남들이 누구나 부러워하는 대기업의 임원이 되어서도 항상 노력을 멈추지 않는다고 생각한 것이다.

물론 진실된 이유야 학벌을 위해서지만 미셀에게는 아주 색다르게 보였기 때문이었다.

그리고 동시에 남자라면 저 정도의 자신감을 가지고 있어야 한다는 생각이 드는 미셀이었다.

상수는 미셀이 알려준 사이트에 접속을 해 공부에 열중하였고 그런 상수의 사정은 천천히 사내에 알려지게 되었다.

부회장은 상수가 고졸 학력을 가지고 있다는 사실을 혼자만 알고 있다가 결정적인 때가 되면 터트려 상수를 곤란하게 하려고 하였는데 지금 회사에 상수에 대한 정보가 돌기 시작하자 오히려 당황하게 되었다.

"아니, 누가 이런 이야기를 하고 있는 거야?"

"저희도 자세히는 모르지만 아마도 특수부에서 나온 말인 것 같습니다."

"특수부에서? 거기는 정 이사가 책임지고 있는 부서인데 거기서 말이 나왔다는 말인가?"

"예, 정 이사가 요즘 공부를 하고 있는데 아마도 그 때문에 나온 이야기 같습니다."

비서의 보고에 부회장은 인상이 절로 써지고 있었다.

자신이 먼저 선수를 쳤어야 하는데 상수가 미리 선수를 쳤기 때문이었다.

상수가 고졸이라는 건 변함없는 사실이다.

하지만 지금 돌아가는 상황은 부회장이 원하는 것과는 다르게 오히려 상수에 대한 인식이 아주 좋게 만들어지고 있었기 때문이다.

기업의 임원이 자신의 학력이 고졸이라는 것을 인정하고 대학을 가기 위해 열심히 공부를 한다는 소식은 이들에게는 하나의 신선한 충격과도 같았기 때문이었다.

"사내 분위기는 어떤가?"

"사내의 분위기는 대체적으로 정 이사를 옹호하는 쪽으로 가고 있습니다. 대기업의 임원이 고졸의 학력을 속이지 않고 정직하게 밝히고 대학을 가기 위해 공부를 하고 있다는 사실만으로도 직원들에게는 신선한 느낌을 주고 있어서입니다."

"허어, 이거 내가 한발 늦었군그래."

부회장은 자신이 이제 와서 그 부분을 가지고 따지는 것도 힘들게 생겼다는 것을 알게 되었다.

그러면서 정보에 대한 인식을 다시 한 번 하게 되었다.

정보란 얻었을 때 바로 움직여야 하는 것이 있었고 시간을 두고 움직여야 하는 것도 있다는 것을 말이다.

아쉽지만 버려야 할 것은 최대한 빨리 버리는 것이 신상에 좋다는 생각을 하며 상수에 대한 계획은 머릿속에서 지워 버리는 부회장이었다.

제10장 하버드에 가다

피터슨 회장은 자신의 인맥을 이용하여 하버드의 총장을 만나고 있었다.

"이거 재계의 영웅이신 피터슨 회장님이 저를 보자고 하여 나왔지만 아직도 믿어지지가 않습니다."

"그러지 말고 여기 앉으세요. 오늘은 내가 총장님께 부탁을 하려고 보자고 하였습니다."

"허허허, 제게 부탁을 하실 것이 있습니까?"

총장은 피터슨이 자신에게 부탁을 할 것이 있다는 말에 순간 많은 것을 생각해 보았지만 딱히 떠오르는 것이 없었다.

"다름이 아니라⋯⋯."

피터슨은 상수에 대한 이야기를 시작했다.

자신의 기업에 근무를 하고 있고 지금 직급이 이사라는 것과 상수가 한 일에 대한 것을 아주 상세하게 설명을 해 주었다.

그리고 그런 상수가 하버드를 생각하고 있는데 졸업을 할 수 있는 방법을 알려달라고 하였다.

한참 동안 피터슨이 하는 이야기를 듣고 있던 총장은 잠시 무언가를 생각하는 것 같았다.

카베인처럼 큰 회사의 이사라면 학교의 입장에서도 상당히 호조건이기는 했다.

그리고 하버드 MBA 과정에서는 실질적으로 학생이 대기업 임원 이상이면 그에 대한 어드밴티지를 학교에서도 충분히 인정을 해 그만한 혜택을 제공해 주고 있었다.

예를 들어 학교에 나오는 것을 회사의 일로 대처하고 회사에서 진행한 프로젝트를 수업시간에 발표하거나 리포트로 대체하는 방식으로 말이다.

이러한 방식은 산학협력의 의미에서도, 그리고 실제 경영학을 배우고 있는 학생에게도 도움이 되는 방법이었다.

학생은 책에서 배운 이론이 실제로 어떻게 적용되는지를 배울 수 있었고, 임원인 학생은 자신들의 부족한 수업일수를 매울 수 있다는 장점이 있다.

그런데 문제가 하나 있었다.

당사자가 동양이라는 것이었다.

백인이었다면 전례가 없는 것도 아니고 총장도 바로 기분 좋게 허락을 하였겠지만 문제는 상수가 동양인이라는 것이다.

그게 마음에 걸려 바로 대답을 하지 못하고 있었다.

사실 피터슨도 상수가 동양인이라는 것 때문에 부적절한 대우를 받을 수도 있다는 생각이 들어 자신이 이렇게 직접 총장을 만나 단판을 지으려고 온 것이고 말이다.

피터슨은 총장의 표정을 보고는 무엇 때문에 고민을 하고 있는지를 알았다.

"그 친구가 비록 동양인이기는 하지만 그 능력은 상당하다고 생각합니다. 그리고 아직도 발전을 하고 있는 중이고 말입니다. 우리 회사는 그 친구가 더욱 높은 곳으로 올라가기를 바라고 있습니다."

이사에서 더 높은 곳이라면 사장이었다.

물론 중간에 상무도 있고 전무도 있지만 피터슨이 하는 이야기는 그런 자리가 아니라 바로 사장을 말하고 있다는 것을 총장도 알아듣고 있었다.

"그 정도로 능력을 인정하고 계시는 겁니까?"

"나는 그 친구가 내가 지금껏 본 인물들 중 가장 뛰어난 사람이라고 생각을 하고 있습니다."

"……!"

"게다가 그 친구를 하버드에서 품으면 하버드의 이름이 더욱 높아질 것을 장담합니다."

피터슨의 발언에 총장도 마음이 흔들리고 있었다.

그만큼 뛰어난 인물이라면 이는 학교로서도 자랑거리가 되기 때문이었다.

그리고 졸업생 중 그런 인물들이 많이 나와야 학교도 명성을 쌓고 기부금도 듬뿍 받을 수 있기 때문이다.

사실 피터슨은 이렇게 하지 않아도 하버드의 명예 졸업장 정도는 상수에게 얻게 해줄 수가 있었다.

하지만 정식으로 졸업을 한 것과 명예 졸업장은 달랐기에 정식으로 졸업하기를 바라고 총장을 만나고 있는 것이다.

"흠, 그럼…… 하버드에 입학을 해도 수업은 듣지 못하겠군요? 회사에서 그 정도로 능력을 인정받고 있다면 말입니다."

"그 친구는 수업 대신에 리포트 제출을 할 수 있게 해달라고 하고 있습니다. 그리고 솔직히 실력은 상당하다고 생각합니다. 그 친구가 독학으로 5개 국어를 마스터 하였으니 말입니다."

피터슨 회장의 마지막 발언은 총장의 머리를 강타하고 있었다.

개인이 독학으로 5개 국어를 마스터한다는 것이 얼마나 힘든 일인지를 알고 있어서였다.

"회장님의 말씀대로 5개 국어를 독학으로 마스터하였다면 바로 입학을 할 수 있게 해주겠습니다. 그 정도의 인물이라면 학교 측에서도 손해를 보는 일은 아니니 말입니다."

"알겠습니다. 그러면 언제 보내면 되겠습니까?"

"오늘 가서 회의해 보고 바로 연락을 드리도록 하지요."

"고맙습니다. 총장께서 힘을 써주시면 저도 잊지 않겠습니다."

피터슨의 약속은 재계에서도 얻기 힘든 것이기 때문에 총장의 눈빛이 빛났다.

상수는 그렇게 하버드로 가서 시험을 받게 되었지만 피터슨이 이야기한 5개 국어가 아니라 더 많은 것을 할 수가 있었기 때문에 문제는 없었다.

그리고 요즘 상수는 미셸이 알려준 사이트를 통해 매우

열정적으로 배우고 있었는데 덕분에 상수는 미국인의 생각을 알 수가 있었다.

저들의 문화가 아직은 자신에게 조금 생소하기는 했지만 그래도 전보다는 많은 것을 알게 되었고 이들이 매우 이성적으로 생각을 하고 있다는 사실도 알게 되었다.

"흠, 이런 부분이 한국과는 다르니 내가 이해를 하지 못하고 있었지."

상수는 미국의 젊은 사람들이 생각하는 가치관과 자신의 차이를 느끼며 새로운 것들을 배우고 있었다.

그때 상수의 핸드폰이 울렸는데 번호가 바로 피터슨 회장이었다.

드드드.

"예, 회장님."

"지금 하버드에서 연락이 왔는데 내일 오후 한 시에 약속을 잡았으니 가서 만나보게 자네가 외국어를 잘한다고 하여 그 부분을 시험할 생각인 것 같으니 말이야."

피터슨 회장의 말에 상수는 속으로 상당히 기뻤다.

"알겠습니다. 그리고 감사합니다. 회장님."

"나는 길을 열어주었지만 해결은 자네가 해야 하니 이제부터는 자네에게 달려 있는 거네."

"알겠습니다. 절대 실망을 시키지 않겠습니다. 회장님."

상수는 피터슨의 전화를 받고는 얼굴이 환해지고 있었다.

사실 상수는 대학이라는 것을 신경도 쓰지 않고 있었는데 이렇게 출세를 하고 나니 그 부분이 신경이 쓰였다.

그리고 미국이나 한국에서도 하버드를 졸업하고 나면 일단 대우가 달랐기 때문이다.

한국에서는 하버드가 아니라 미국에 있는 대학만 졸업을 해도 아주 신기한 눈빛을 하고 상대를 보기 때문이었다.

상수는 경영학에 대한 공부가 완벽하지는 않지만 그래도 어느 정도는 하고 있어서 교수와 대화를 해도 부족하지 않게 대답을 할 수 있을 정도는 되었다.

*　　　*　　　*

이튿날.

상수는 아침에 출근을 하여 특수부의 업무를 빠르게 처리를 하고 하버드로 출발을 하였다.

한국과는 다르게 미국이라는 나라는 시간 개념이 확실한 곳이라 조금이라도 늦으면 가차 없이 예외가 통하지 않았기 때문이다.

하버드에 도착을 하였지만 조금 이른 시간이라 상수는

천천히 학교를 돌아보고 있었다.

컴퍼스의 낭만이라고 하지만 상수에게는 그런 낭만이 없었다.

대신에 젊은 학생들이 즐거운 미소를 지으며 대화를 나누고 있는 것을 보니 기분은 좋았다.

그런 상수를 보고 걸어오는 여자가 있었다.

"혹시 한국 분이세요?"

여자는 한국인이었는지 한국말로 상수에게 물었다.

"예, 한국 사람입니다. 무슨 일이십니까?"

"저기 제가 여기 학교에 다니고 있는데 도움이 필요하신 것 같아 오게 되었어요."

상수는 여자를 보고 참 오지랖도 넓다는 생각이 들었지만 속으로만 생각하고 겉으로는 아주 상냥한 미소를 지으며 대답을 하였다.

"하하하, 이거 제가 이곳이 처음이다 보니 어리숙하게 보였나 보네요."

"예, 주변을 두리번거리는 모습이 제가 처음 여기에 왔을 때 같아서 오게 되었어요."

아마도 같은 한국인이기 때문에 무언가 도움을 주고 싶었던 모양이었다.

그런 면을 보면 한국 사람은 참 친절하기는 했다.

"저를 도와주시려면 학교 구경 좀 시켜 줄래요? 오늘 처음 오는 바람에 아는 것이 없어서 그래요."

상수는 미국인과 비교를 해도 덩치가 작지 않은 체구를 가지고 있었다.

하지만 상수의 앞에 있는 아가씨는 아주 작은 체구를 가지고 있는 귀여운 아가씨였다.

"구경이야 얼마든지 시켜 드릴게요. 저를 따라오세요."

상수는 아직 시간이 충분하기 때문에 남는 시간은 학교를 구경하는 것으로 때우려고 하였다.

"고마워요."

상수가 이름을 몰라 잠시 머뭇거리는 것을 보고는 아가씨는 웃으면서 이름을 알려주었다.

"저는 정소라예요. 그쪽 분은요?"

"하하하, 이거 같은 정씨네요. 저는 정상수라고 합니다."

"저보다는 나이가 많으신 것 같은데 편하게 말씀하세요. 저는 올해 21살이에요."

"아, 한참 동생이네. 그럼 내가 그냥 편하게 말을 할게. 나는 올해 30이야."

"호호호, 그렇게 하세요."

소라는 상수를 보며 웃으면서 학교의 구경을 시켜주었다.

둘은 그러면서 많은 이야기를 하게 되었는데 소라는 미
국에 지금 유학을 와서 공부를 하고 있다고 하였다.

미국 유학을 올 정도면 제법 사는 집안의 자식인 경우가
많은데 소라를 보니 잘사는 집안은 아니라는 생각이 들었
다.

상수는 그렇다고 본인이 있는 곳에서 그런 말을 할 수는
없었기에 그저 속으로만 생각하고 말았다.

소라는 상수에게 편하게 오빠라는 소리를 하였고 상수도
그런 소라를 동생처럼 대하고 있었다.

아마도 소라가 그러는 것은 한국에 대한 그리움 때문이
라는 생각이 들었다.

"지금 시간이 그런데 우리 점심이나 먹으러 갈까? 오늘
수고를 하였으니 내가 살게."

아직 12시밖에 되지 않았기에 식사를 하고 가면 될 것 같
아 묻는 말이었다.

상수의 말에 소라는 화사한 얼굴을 하며 대답했다.

"맛있는 것으로 사줘야 해요. 나 오늘 무지 고생했으니
말이에요."

"하하하, 그래, 소라가 먹고 싶은 것으로 사줄게. 아는 곳
이 있으면 안내를 해줘라."

소라는 상수의 말에 바로 자신이 알고 있는 곳으로 상수

를 안내하였다.

상수는 음식점을 보면서 학생들이 자주 이용을 하는 곳이라는 생각이 들었다.

안에는 많은 학생들이 식사를 하고 있었기 때문이다.

상수는 그런 소라와 한 테이블에 가서 앉았다.

"주문은 소라가 해주었으면 하는데 어때?"

소라는 상수가 오늘 하버드에 처음 왔다는 소리를 들었기에 바로 수긍을 했다.

"알았어요. 제가 가장 맛있는 것으로 주문을 할게요. 그런데 조금 비싸요."

"그런 것은 소라가 신경 쓰지 않아도 되니까 그냥 주문을 해라."

상수의 대답에 소라는 방긋이 웃으면서 바로 주문을 하였다.

식사를 하면서 둘은 무엇이 그리 즐거운지 웃으면서 대화를 나누었는데 상수는 소라와 이야기를 하면서 소라의 사정에 대해 조금은 알게 되었다.

'흠, 형편이 그래서 어려워 보였던 것이네.'

상수는 소라의 형편이 아버지가 사업을 하다가 실패를 하는 바람에 조금 어렵게 되었다는 이야기를 듣고야 소라의 사정이 이해가 갔다.

한국에서는 사업의 실패로 인해 많은 사람들이 힘들게 살고 있었기 때문이었다.

"그러면 소라는 지금 어떻게 지내고 있는 거야?"

"전에 살고 있는 집에 아직은 그대로 살고 있지만 세를 주지 않으면 다음 달에는 나와야 해서 고민이에요. 여기는 알바를 할 수도 없고 해서요."

소라의 말에 의하면 미국에서 동양인은 알바를 할 수도 없다고 하였다.

그만큼 말로만 자유 민주주의라고 하면서 실상은 인종 차별이 심한 나라라는 말이었다.

"그럼 집에서는 이런 사실을 알고 있는 거니?"

"아뇨, 저도 말을 하지 않았어요. 그냥 여기서 일을 한다고 해서 그 돈으로 생활을 하고 있다고 하였어요."

소라는 그렇게 대답을 하면서 눈가에는 이슬이 맺혀 있었다.

눈가가 촉촉하게 적셔드는 소라를 보니 상수도 마음이 편하지가 않았다.

아직 나이도 어린데 이런 마음고생을 하고 있는 것을 보니 어떻게 도움을 줄 수 있는 방법이 없을까라는 생각을 하였다.

자신도 미국에는 아는 얼굴들이 없으니 취직을 도와줄

수는 없었고 그렇다고 돈을 주면 소라의 자존심을 상하게
할 것 같아 우선은 생각을 해보기로 하고 소라에게 연락처
를 받기로 하였다.

"소라에게 연락을 하려면 어떻게 하면 되니?"

"왜요?"

연락처에 대한 이야기를 하자 소라는 대번에 경계를 하
는 눈빛을 하였다.

상수는 그런 소라를 보며 속으로 씁쓸한 기분이 들었
다.

어린 소녀가 이국에서 생활을 하려니 눈치만 보게 된다
는 생각이 들어서였다.

상수는 품에서 명함을 꺼내 소라에게 주었다.

"여기가 오빠가 일하는 곳이다. 지금 미국에 출장을 온
것이 아니라 본사에 근무를 하게 되었지. 혹시 도움을 줄
수 있는 것이 있으면 연락을 하려고 물어 본 거야."

상수의 명함을 본 소라는 조금 놀란 얼굴을 하고 상수를
보았다.

카베인이라면 자신도 알고 있는 대기업이었기 때문이었
다.

그런 기업의 이사라는 직함을 가지고 있을 정도면 상당
히 출세를 한 사람이었기 때문이었다.

"저, 정말 이사예요?"

소라가 더듬으며 묻자 상수는 피식 웃어주었다.

"그래, 내가 카베인의 특수부를 책임지고 있는 정상수 이사야. 언제든지 확인을 해도 되니 명함은 버리지 말고 가지고 있어. 어때, 이래도 믿음이 안 가?"

"아, 아니요. 그게 아니라……."

소라는 자신이 상수에게 잠시지만 이상한 생각을 한 것을 상수가 알고 있다는 것에 부끄러움을 느꼈다.

같은 동포라고 하면서 처음부터 접근을 한 것은 자신이었기 때문이었다.

"자식이, 다 이해를 하니 그런 표정하지 마라. 연락처를 알려주면 나도 방법을 찾아보고 너에게 연락을 주려고 그런 것이니 오해는 하지 말고. 무슨 말인지 알지?"

"예, 그런데 오늘 처음 본 저에게 왜 이렇게 잘해 주세요?"

"우선은 처음부터 나에게 먼저 친절을 보여주었기 때문이고 다음은 그냥 동생처럼 생각이 들어 그런다. 한국에 너하고 비슷한 동생이 있어서 말이야."

상수는 친구들의 동생들을 말하는 것이었지만 소라는 상수에게 자신의 나이와 비슷한 여동생이 있다고 생각을 하게 되었다.

그러자 소라는 갑자기 눈에서 눈물이 주르륵 흐르고 말았다.

"흑흑, 고마워요. 저, 정말 이러고 싶지 않았는데……."

소라는 상수의 말에 그만 눈물을 보이고 말았다.

상수는 소라가 울자 조금은 당황이 되었다.

"소라야, 울지 말고 그만 그쳐라. 이런 말을 했다고 울면 어떻게 하니. 앞으로는 더 험한 일도 당할 수가 있는데 그렇게 약한 마음으로 가지고 있으면 어떻게 버틸 수가 있겠니? 마음을 강하게 먹어야 견딜 수가 있는 거야."

상수는 소라를 보며 그렇게 말을 해주었다.

혼자 외국에서 고생을 하는 소라를 보니 마음이 아팠지만 이는 동정이 아니라 소라의 사정이 딱해 보였기 때문이다.

그리고 소라를 보니 아직은 소녀의 마음에서 벗어나지 못한 가냘픈 모습을 가지고 있어서였다.

홀로 있다 보니 강해 보이기 위해 노력을 하지만 내면으로는 저렇게 연약한 모습을 가지고 있었기 때문에 조금만 감동을 주거나 마음을 울리는 말을 하여도 저렇게 울고 마는 그런 연약한 여인이었다.

"고마워요. 이제 울지 않을게요. 오빠의 말대로 소라는 강하게 살 거예요."

소라는 입술을 깨물며 다짐을 하고 있었다.

상수는 그런 소라를 보며 안쓰러움을 느꼈다.

아직 나이도 어린 여자가 저렇게 모질게 마음을 먹고 살아야 하는 현실이 안타까웠기 때문이다.

"그래, 그렇게 마음을 먹으면 된다. 이제 오빠에게 연락처를 알려줘야지. 나도 바쁜 사람이다."

상수는 소라를 보며 나름 유머가 있는 말을 한다고 제스처를 보이며 말을 하였다.

그런 상수의 노력이 통하였는지 소라의 입에는 희미하지만 미소가 걸렸다.

"훗, 알았어요. 알려드릴게요. 핸드폰을 주세요."

소라는 그렇게 말하고는 핸드폰을 꺼냈다.

상수는 자신의 핸드폰을 소라에게 주었다.

그러자 소라는 아주 익숙하게 핸드폰을 조작하여 번호를 저장하고는 바로 통화버튼을 눌렀다.

그러자 소라의 핸드폰에서 벨이 울렸다.

"이제 되었죠?"

소라는 자신의 핸드폰에 벨이 울리는 것을 보라고 하며 확인을 시켜 주었다.

그런 소라의 모습에 상수는 입가에 미소를 지었다.

"그래, 되었다. 아주 확실한 방법이었다."

상수는 소라를 보고 웃어주며 대답했다. 둘은 식사를 마쳤고 디저트도 먹었기에 식당을 나오고 있었다.

물론 계산은 상수가 하였고 말이다.

다시 학교 돌아온 상수는 소라에게 물었다.

"여기 총장실이 어디인지 아니?"

"오빠, 총장님 만나러 오신 거예요?"

"응, 오늘 한 시에 약속이 되어 있어서 온 거야."

"와우, 오빠 대단한 분이네요. 우리 학교 총장님은 아무나 만나주지 않는 분인데요."

소라는 상수가 총장을 만나러 왔다는 말에 조금은 놀라고 있었다.

대기업의 이사라는 직책을 가지고 있으니 제법 잘나가는 엘리트이기는 했지만 총장을 만나기 위해 온 것이라고는 생각지 못했기 때문이었다.

"하하하, 총장님도 인간인데 만나지 못할 이유가 없지 그냥 편하게 생각해."

"알았어요. 저쪽으로 가면 돼요."

소라는 자신이 직접 안내하기 위해 걸었다.

상수는 그런 소라를 따라 총장실이 있는 곳으로 가게 되었다.

총장실이 있는 건물에 도착을 하자 상수는 소라를 보며

인사를 했다.

"오늘 정말 즐거웠고 안내를 해 줘서 고마웠어."

"아니요. 저도 오늘 즐거웠어요. 나중에 시간이 되면 또 봐요."

소라는 손을 흔들며 떠나갔다.

제11장 입학시험(?)

상수는 소라가 가는 모습을 보며 나중에 연락을 하겠다
는 생각을 하고는 몸을 돌려 총장실로 가기 위해 들어갔다.

"어떻게 오셨습니까?"

입구를 지키는 경비는 상수를 보며 정중하게 물었다.

"정상수라고 합니다. 오늘 한 시에 약속이 되어 있어서
왔습니다."

"아, 정상수 씨 확인이 되었습니다. 3층으로 가시면 됩니
다. 저기 엘리베이터가 있으니 이용을 하십시오."

상수는 경비의 말을 듣고는 바로 엘리베이터가 있는 곳

으로 갔다.

3층에는 총장실만 있는 것이 아니었고 다른 학장들의 사무실도 있었다.

상수는 정면에 보이는 총장실로 가서 노크를 하였다.

똑똑똑.

"들어오세요."

안에서는 여성의 목소리가 들렸다.

상수는 문을 열고 들어가니 안에는 총장실이 아니었다. 아마도 비서실을 통해 안으로 들어가게 되어 있는 모양이었다.

"카베인의 정상수라고 합니다. 오늘 선약이 있어 왔습니다."

"예, 연락 받았습니다. 이리로 오세요."

"예."

상수는 여자를 따라 걸어갔고 여자는 안에 있는 문을 노크하였다.

"들어와요."

"잠시만요."

여자는 상수에게 먼저 말을 하고는 바로 문을 열고는 안으로 들어가서 보고를 하는 것 같았다.

그런 여자가 금방 나와서는 상수를 보며 말했다.

"이제 들어가시면 됩니다."

"예, 고마워요."

상수는 그렇게 말을 하고는 안으로 들어갔다.

문이 닫히지 않고 여자가 열어주고 있어서였다.

상수가 안으로 들어가니 안에는 총장만 있는 것이 아니라 제법 나이를 먹은 남자들이 십여 명이 앉아 있었다.

상수가 안으로 들어가자 한 남자가 먼저 스페인어로 인사를 하였다.

"카베인의 이사라고 들었습니다."

상수는 이것이 시험이라고 생각하고는 자연스럽게 대답을 하였다.

"그렇습니다. 제가 카베인의 특수부 이사인 정상수라고 합니다."

아주 유창한 스페인 언어를 사용하는 상수를 보며 남자는 조금 놀라는 눈치였다.

상수가 하는 말은 마치 현지인이 하는 것처럼 들렸기 때문이다.

정확한 발음은 현지인에게 직접 배운 것처럼 아주 자연스럽게 대화를 하고 있었기 때문이다.

그러자 그 옆에 있는 남자가 다시 질문을 하였다.

"우리 하버드를 어떻게 생각하나요?"

이번에는 프랑스의 불어였다.

"하버드를 어떻게 생각하는지가 중요한가요? 저는 그게 중요한 것이 아니라 하버드에서 어떻게 할 것인지가 중요하다고 생각하는 데요?"

상수의 대답에 남자는 아주 만족한 표정을 지었다.

그러자 다시 다른 남자가 입을 열었다.

"언어가 참 유창한데 누구에게 배운 겁니까?"

이번에는 에스파냐어였다.

"누구에게 배운 기억은 없군요. 저는 오로지 독학으로 언어를 공부하였으니 말입니다. 방송을 통해 말을 하는 것을 보고 저 사람이 무슨 말을 하는 것인지가 궁금하여 처음에는 사전을 찾아서 배웠고, 그다음에는 방송을 녹화하여 그 발음을 배웠습니다. 그렇게 하니 나도 모르는 사이에 그 언어를 자동적으로 할 수가 있게 되었으니 말입니다."

상수는 전혀 막힘이 없이 자연스럽게 대화를 하고 있었다.

남자들은 상수의 유창한 발음에 모두들 놀라고 있었다.

몇 개 국어를 하는 사람이 드물기는 하지만 없지는 않다.

하지만 상수처럼 저렇게 자연스럽게 모든 언어로 말을 하는 인물은 드물었다.

"아니, 그렇게 해서 언어가 배워지던가요? 저는 도저히 믿어지지가 않는 군요."

이번에는 러시아어였다.

"예, 사람은 누구나 가지고 있는 능력 중 하나가 바로 언어라고 생각합니다. 어린아이가 부모가 말하는 것을 배우는 것처럼 누구나 상대가 하는 말을 궁금하게 되면 관심을 가지게 되지 않습니까? 저는 그런 관심이 다른 이들보다는 조금 강했기 때문에 더욱 집중을 할 수가 있었습니다. 대답이 되었나요?"

"아주 훌륭한 답변이었습니다."

러시아어를 사용한 남자는 상수의 대답에 아주 만족한 얼굴을 하고 있었다.

그러자 가장 구석에 앉아 있는 남자가 상수를 보며 물었다.

"그러면 언어 덕분에 카베인의 이사가 된 건가요?"

이번에는 이탈리아어였다.

"언어도 물론 그 사람의 능력이겠지요. 저 같은 경우에는 당사의 중요한 계약을 체결한 게 인정되어 본사의 이사가 되었습니다. 더 자세한 이야기는 기밀이기 때문에 해드릴 수가 없는 점을 양해해 주시기 바랍니다."

상수의 대답에 남자는 정말 기가 막힌다는 표정을 짓고

있었다.

그때 총장이 나서게 되었다.

"이제 그만해도 되지 않겠나? 이 정도면 언어에 대해서는 충분하다고 생각이 드는데 말이야."

총장의 말에 대부분의 남자들은 수긍을 하는 얼굴이었지만 두 명의 남자는 무언가 다른 생각을 하고 있는 모양이었다.

그러면서 다시 질문을 하였다.

"본인이 알고 있는 나라의 언어가 모두 얼마나 된다고 생각하십니까?"

이번에는 독일어였다.

상수는 그 질문에 가만히 생각을 하는 얼굴을 하다가 답변을 하였다.

역시 독일어로 말이다.

"저는 지금 11개 국어를 알고 있습니다. 모두 통역을 할 정도는 되고요. 그리고 6개 국어는 통역은 힘들지만 일반적인 대화는 가능할 정도는 됩니다."

"……."

"……."

상수의 대답을 들은 남자들은 바로 정신줄이 출장을 가고 말았다.

상수의 말대로라면 모두 17개 국어를 사용할 줄 안다는 말이었기 때문이었다.

이거는 인간이 아니고 괴물이라는 생각이 드는 남자들이었다.

총장도 말로만 듣던 어학의 천재를 보는 기분이었으니 말이다.

한참 동안은 말도 하지 않고 이상한 분위기를 유지하고 있었지만 총장이 가장 먼저 정신을 차리고는 헛기침을 하고 있었다.

"흠, 흠, 정신들 차리세요."

총장의 말에 모두가 이제야 눈동자가 정상으로 돌아오고 있었다.

총장은 모두 정신을 차린 것을 보고는 상수를 보며 물었다.

"그럼 마지막으로 한 가지만 질문을 하겠네. 우리 하버드를 선택한 이유라도 있는가?"

"하버드는 미국의 얼굴이라는 생각이 들어 선택을 한 것입니다. 저는 미국의 회사에서 근무를 하고 있습니다. 그래서 이왕이면 그 나라의 얼굴이라고 생각이 드는 학교에서 배움을 받고 싶었습니다. 그래서 선택을 하였던 겁니다."

상수의 대답에 총장과 다른 남자들도 모두 아주 대만족의 얼굴을 하고 있었다.

남들은 이런 질문에 이상한 답변을 하고 있었는데 상수가 한 대답은 하버드를 어떻게 생각하고 있는지를 명확하게 보여주는 대답이었기 때문이다.

저런 마음가짐이라면 하버드의 이름에 먹칠을 하는 일은 없을 것이라는 것이 모두의 소견이었다.

"나는 찬성이네."

"나도 찬성입니다."

"무조건 입학을 시켜야 합니다. 내가 세상에서 저런 천재는 듣도 보도 못했습니다."

이 자리에 있는 모든 남자들이 만장일치로 찬성을 하자 총장은 아주 흐뭇한 얼굴을 하게 되었다.

피터슨 회장의 부탁이 아니래도 이런 인물은 학교에 무조건 입학을 시키고 싶었기 때문이었다.

"자, 그러면 입한 건은 처리가 되었고 다음 문제는 정상수 씨의 수업 문제입니다. 카베인은 모두가 알고 있는 커다란 기업입니다. 그곳에서 이사라는 직책을 가지고 있는 정상수 씨는 수업 참석이 힘들지도 모릅니다. 모두의 의견을 듣겠습니다."

"그러면 전공은 어디를 선택하였습니까?"

"경영학이라고 합니다. 이 부분에서는 특히 경영학장님이 말씀을 해주세요."

여기 모여 있는 남자들 중에 한 명은 경영학장도 있었던 모양이었다.

상수는 이들을 보며 이들이 하버드를 움직이는 실질적인 사람들이라는 것을 느끼게 되었다.

"그러면 이제 우리 하버드의 학생이라고 생각하고 편하게 질문을 하겠네."

"말씀하십시오. 학장님."

"회사를 다니면서 수업을 듣는다는 것은 현실적으로 힘이 들겠지만 그래도 수업을 전혀 듣지 않을 수는 없지 않나? 우선 수업을 들어야 리포트도 제출을 할 수 있지 않겠나?"

상수는 학장이 하는 이야기를 들으며 바로 질문에 대한 답변을 해 주었다.

"현재 저는 경영학의 실무론에 대해서 공부하고 있습니다. 그전의 과목은 거의 알고 있습니다."

상수의 대답에 학장은 깜짝 놀라고 있었다.

물론 다른 학장들은 그런 경영학장의 반응에 대단하다는 것을 느끼고 있었고 말이다.

"그러면 내가 하는 질문에 답변을 할 수 있는지 물어보아도 되겠나?"

"그렇게 하십시오. 준비는 되어 있습니다."

경영학장과 상수는 그렇게 경영학에 대한 대화가 이루어
지게 되었다.

두 사람이 하는 토론은 경영학의 실무 적용에 관한 아주
세부적인 내용을 바탕으로 하고 있었기 때문에 경영학을
전문적으로 공부하지 않으면 알아듣지를 못하는 내용들이
었다.

상수와 학장은 한참을 그렇게 대화를 나누었고 시간이
길어지자 총장이 중간에 말렸다.

"이제 그만하세요. 시간이 가는지도 모르고 토론만 하려
고 합니까?"

"아, 이거… 죄송합니다. 제가 시간이 가는 줄도 몰랐습
니다."

총장의 말에 학장은 자신이 너무 토론에 열중했다는 것
을 깨닫고 주변에 양해를 구했다.

학생이 아니라 마치 같은 수준의 학자를 만나 대화를
하는 것 같은 기분이 들어서 말이 길어지게 되었던 것이
다.

아무래도 상수가 대기업의 임원이다 보니 경영학 실무에
대해서는 자신보다 현실적인 지식을 알고 있었기 때문에

토론이 벌어졌던 것이다.

"총장님, 여기 정상수 씨는 솔직히 학생이라고 말하기 힘들 정도로 대단한 지식을 가지고 있습니다. 지금 정도의 실력이라면 학부가 아니라 곧바로 MBA 과정에 가도 무방할 정도로 상당한 지식을 가지고 있습니다. 저는 정상수 씨에게 학부 수업은 무의미 하다고 생각합니다. 고로 수업을 받지 않아도 된다고 판단합니다."

경영학장이 하는 말에 총장도 솔직히 놀라고 있었다.

하버드의 경영학장은 세상이 인정하는 석학이었지만, 동시에 고지식하기로 유명한 인물이었다.

때문에 절대 편법이 통하지 않은 인물로도 유명한 사람이었다.

사실 총장으로서는 이번 일로 학장을 어떻게 설득해야 할지 고민하고 있었는데 이거는 상수 본인이 한방에 모든 일을 정리하고 있으니 총장은 이제 더 이상 신경을 쓸 일이 없었다.

"자, 그러면 모두 결정이 되었으니 장상수 씨를 신입생으로 받아들이고 수업은 회사의 업무로 대신하기로 결정을 하겠습니다. 입학 사정관들에게는 이미 허락을 받아 두었으니 문제는 없을 겁니다."

"잠시만요. 경영학을 배우는 학생이니 적어도 한 달에 한

번은 수업에 참석을 해주었으면 하네. 공부도 중요하지만 학교라는 것이 인맥도 무시를 하지 못하는 곳이기 때문이네. 특히 자네처럼 사업을 하는 사람에게는 말이야."

경영학장의 말은 수업을 들으라는 것이 아니라 와서 사람들을 사귀라는 말이었다.

상수도 충분히 알아들었기에 고개를 끄덕였다.

"최대한 참석하도록 노력을 하겠습니다. 학장님."

상수의 대답을 끝으로 상수의 문제는 일사천리로 처리가 되었다.

상수는 올해 신입생으로 등록이 되었다.

이미 입학시기가 다 지난 신입생이기는 했지만 말이다.

하버드의 신입생이 된 상수는 지금 기분이 아주 묘한 기분이었다.

시간을 보니 오후 6시다.

1시에 총장실에 들어갔는데 이런저런 시험을 치르고 면담을 하다 보니 벌써 시간이 이렇게 된 것이다.

지금 이후로는 시간이 남기에 바로 집으로 가서 우선 한국의 어머니에게 전화를 드렸다.

자신이 그간 공부를 하지 않아 평생 그 부분이 한이었는데 이제 미국의 명문인 하버드에 입학을 하였다는 사실을 아시게 되면 기뻐하실 것이라는 생각이 들어서였다.

띠리링.

어머니는 지금 이모네 집에 거주하고 계시기 때문에 상수는 이모네 집으로 전화를 걸었다.

"여보세요?"

이모의 목소리가 들렸다.

"이모, 저 상수입니다. 잘 계셨어요?"

"상수라고? 너 어떻게 지내니? 몸은 건강하고?"

"예, 저는 건강하게 잘 살고 있습니다. 어머니는요?"

상수의 질문에 이모는 바로 대답을 해 주었다.

"방금 같이 점심 먹었다. 지금 옆에 있으니 바꿔 줄게 잠깐 기다려라. 언니! 상수래."

상수의 어머니는 아들의 전화를 했다는 소리에 얼른 수화기를 받았다.

"상수냐? 몸은 어떠냐? 밥은 잘 먹고 다니냐?"

"예, 저는 잘 있으니 걱정 마세요. 그리고 어머니께 알려 드릴 것이 있어 전화를 했어요."

"응? 뭔데? 무슨 일이냐? 돈 필요하냐?"

아들의 말에 어머니는 걱정부터 하신다.

"아니에요. 전 잘 지내고 있어요. 그것보다 저 이번에 미국의 하버드 대학에 입학을 했어요."

상수의 말에 어머니는 놀란 얼굴을 하였다.

"아니, 하버드 대학에 입학을 하였다고 그게 정말이냐? 너 거짓말 하는 것 아냐?"

"하하하, 그런 일을 왜 거짓말을 하겠어요. 회사에서 지원을 해 주는 바람에 입학을 할 수가 있게 되었어요."

상수는 자신의 힘으로 입학을 했다고 할 수는 없어서 그렇게 말을 하였다.

상수가 미국의 거대 기업에 취직을 한 사실을 알고 있었기 때문에 그렇게 말을 하였던 것이다.

"정말이냐? 진짜로 하버드에 입학을 한 것이냐?"

어머니는 다시 묻는 것이 다시 확인을 하고 싶어서였다.

자신의 아들이 하나밖에 없는 아들놈이 하버드에 입학을 하였다고 하니 도저히 믿어지지가 않아서였다.

상수는 그렇게 되묻는 어머니의 목소리에서 서글픔을 느낄 수가 있었다.

아마도 평생의 한으로 남을 일이었기 때문이겠지만 말이다.

하나밖에 없는 자식이 대학을 가는 것이 소원이었는데 공부와는 다른 길을 가고 있어서였다.

그런 자식이 이제 나이를 먹고 늦었지만 대학을 가게 되었다고 하니 어머니로서는 이제 원이 없다는 생각이 들어서 하는 소리였다.

"예, 어머니. 아들이 이제는 하버드 대학교의 학생으로 생활을 하게 되었네요. 어머니 축하해 주세요."

"그래, 아무렴 축하 하고말고 우리 아들이 하버드 대학에 입학을 하였는데 축하를 해줘야지. 축하한다. 아들아."

상수의 어머니가 하는 말을 듣고 있던 이모도 놀란 얼굴을 하며 듣고만 있었다.

상수의 어머니인 언니가 평생소원이 있었는데 그것은 바로 상수가 대학을 가는 것이었다.

그런 소원을 가지게 된 이유는 바로 상수의 외할아버지 때문이었는데 당시에 배우지 못했기 때문에 억울하게 돌아가셨기 때문에 그 일로 인해 자식은 반드시 대학을 나와야 한다는 생각을 하고 있었던 것이다.

"어머니, 지금은 제가 바빠서 들어가지 못하지만 조만간에 시간이 나면 한국으로 가서 하버드 입학증을 보여줄게요."

"그래, 공부 열심히 하고 몸 챙겨라. 전화비 많이 나오겠다. 그만 끊자."

"예, 어머니 몸 건강히 계셔야 합니다."

"내 걱정은 하지 말고 너만 건강하면 된다."

상수의 전화가 끊어지자 이모는 바로 물었다,

"언니, 상수가 하버드에 입학을 했데요?"

"그래, 우리 상수가 하버드에 입학을 하게 되었다고 하네. 회사의 도움으로 그렇게 되었다고 하네. 정말 고마운 회사여."

하지만 어머니와는 달리 이모는 하버드라는 이름을 듣고는 조금은 의심을 하고 있는 것 같았다.

상수가 고등학교에 다닐 때 성적을 알고 있었기 때문이었다.

"언니 솔직히 나는 믿어지지가 않아, 상수가 공부를 잘했으면 또 모를까, 솔직히 성적도 그리 좋지 않았잖아. 그런 상수가 하버드에 입학했다고 하는 말이 믿어지겠어? 나는 그냥 언니가 하도 대학에 목을 매니 하는 말인 것 같다는 생각이 들어."

"그게 무슨 소리냐! 너는 그럼 상수가 거짓말을 했다는 거야! 너는 이모가 되어 가지고 한다는 생각이 고작 그거냐!"

상수의 어머니는 동생이지만 말하는 것을 들으니 기분이 상했기에 쏘아 붙이고 있었다.

그때 이모의 딸인 연지가 들어오고 있었다.

"엄마, 나왔어."

이모는 딸이 오자 순간 머릿속으로 떠오르는 생각이 있

었다.

"연지야, 너 잘 왔다. 너 한 가지만 알아봐 줘라."

"뭔데 엄마?"

"사실은 말이야. 상수 알지. 상수 오빠."

"알지. 그 오빠."

"지금 상수한테서 전화가 왔는데 이번에 하버드에 입학을 하였다고 하는데 아무리 상수가 다니는 회사가 커도 조금 이상한 생각이 들어서 말이야. 그러니 지금 하버드에 확인을 할 수 있는 방법이 없냐?"

"네에? 하버드요?"

연지는 오빠인 상수가 하버드에 입학을 했다는 말에 이상한 생각이 들었다,

자신이 알기로 미국은 한국과는 달리 이미 입학생 모집을 마쳤기 때문이었다.

게다가 그 상수 오빠가 하버드라니, 농담도 이런 농담이 없었다.

그렇지만 이모도 있는 자리에서 차마 그런 말을 할 수는 없는 일이었기에 우선은 좋게 말을 하고 있었다.

"오빠가 입학생이라면 바로 알아볼 수가 있을 거야. 내가 바로 확인을 해보고 이야기를 해줄게."

연지는 바로 인터넷 검색을 통해 하버드에 확인을 하였

는데 그 안에는 분명히 정상수라는 이름이 나와 있었다.

"어? 정… 상… 수?"

연지는 이름을 확인하자 진심으로 놀란 얼굴을 하며 엄마와 이모에게 달려갔다.

"어, 엄마! 이모!"

연지가 제대로 말을 못하고 소리만 지르자 연지의 엄마가 연지를 다그치며 말했다.

"이놈의 기지배야, 어서 제대로 말하지 못해!"

"오, 오빠가 정말 하버드에 입학했어요! 그것도 올해 입학생의 명단에 있어요. 지금 확인하고 오는 길이에요."

연지의 말에 어머니는 바로 매서운 눈초리를 하며 동생을 보았다.

"거봐라. 내가 상수는 거짓말을 하지 않는다고 했잖아. 이 기지배가 조카를 어떻게 보고 말이야."

어머니는 확인을 하고 나서는 더욱 기세등등하게 동생을 구박하고 있었다.

상수의 이모는 딸이 확실하게 확인을 했다고 하자 더 이상은 말을 하지 않고 묵묵히 언니의 구박을 받고 있었다.

하지만 기분이 나쁘지는 않았다. 매일같이 찌푸린 얼굴

의 언니가 웃고 있었기 때문이다.

　그리고 솔직히 집안사람들 중에 누구라도 잘되면 좋은 일이었기 때문에 상수가 하버드에 입학하였다고 하니 기분이 좋아서였다

제12장 즐거움 뒤에 찾아온 마

하버드 입학 후, 상수는 아주 즐거운 기분으로 업무에 매진을 하고 있었다.

하지만 은밀한 곳에서 그런 상수를 주시하고 있는 이들이 있었는데 바로 다크 세븐의 인물들이었다.

이들은 그간 상수에 대한 조사를 하였지만 특별한 것이 없는 인물이었기에 적극적인 행동을 하지 않고 감시만 하고 있었다.

그러다가 사우디의 쪽에서 상수에 대한 정보를 얻게 되자 바로 상수를 제거하라는 지시가 내려오게 되었다.

"놈을 제거하라는 지시가 왔습니다."

"도대체 저놈의 정체가 무엇이하고 하던가?"

"아직 알아낸 것은 없습니다. 어린 시절부터 무술을 익혔다는 것을 빼고는 특별한 내용이 없었습니다."

"그런 놈이 어떻게 사우디의 일을 한방에 처리를 하였다는 말인가?"

이들로서는 상수에 대한 조사를 하면 할수록 이해가 가지 않은 것들이 많았기에 의문에 가득한 얼굴을 하고 있었다.

자신들이 아무리 생각해도 평범해 보이는 상수로 인해 그동안 공들여 준비한 공작들을 한 번에 무너졌다는 게 이해가 가지 않았다.

"오늘 암살자가 도착한다고 합니다."

"우리하고는 다른 길을 가는 놈들이니 그거야 놈들이 알아서 하면 되는 거고. 그럼 우리는 이제 철수를 하는 건가?"

"예, 상부에서는 더 이상 이곳에서 시간을 보내지 말라는 지시였습니다."

"그렇게 하자. 나도 이제 여기서 이렇게 죽치고 있는 것도 지겨우니 말이야."

다크 세븐에서 정보를 다루는 이들이 빠져 나가면서 암

살자가 상수를 노리게 되었다.

하지만 상수는 그런 사실을 모르고 오늘도 업무를 마무리 하고 퇴근을 준비 중이었다.

미셸은 오늘은 상수와 함께 가고 싶지만 캐서린과의 약속 때문에 그냥 혼자 집으로 가야 했다.

요즘은 상수가 공부를 한다고 해서 미셸이나 캐서린에게는 시간을 할애하지 못하고 있었기 때문이다.

그렇다고 상수가 마음을 먹고 공부를 한다고 하는데 방해를 할 수는 없었기에 당분간은 그런 상수에게 접근을 하지 않기로 서로 협약을 한 상태다.

"미셸, 내일 봐요."

"예, 이사님. 열심히 공부하세요."

상수는 미셸의 대답에 빙그레 웃어주고는 주차장으로 갔다.

회사의 주차장은 지하에 있는데 상수는 지하로 바로 내려가고 있었다.

요즘은 시간이 금이라는 생각이 들 정도로 매우 빠르게 지나가서였다.

"응?"

지하로 내려간 상수는 갑자기 혈기가 요동을 치는 것을 느꼈다.

혈기가 이런 반응을 보이는 건 무언가 있기 때문이다.

상수는 전방을 주시하며 급히 혈기를 이용하여 주변을 살폈다.

혈기는 상수의 의지대로 주변을 철저히 수색을 하였고 덕분에 주차장 은밀한 곳에 숨어 있는 사람을 찾을 수가 있었다.

'웅? 저놈은 누구인데 나를 노리는 것이지?'

상수는 숨어 있는 놈을 발견하고는 어떤 의도로 자신을 노리는 것인지를 알아야겠다는 생각이 들었다.

모르고 당하면 모를까, 상대를 파악하고 있는데 당할 상수가 아니다.

그렇게 생각이 들자 상수의 몸이 갑자기 그 자리에서 사라져 버렸다.

"……!"

상수가 갑자기 사라지자 숨어서 상수를 노리고 있던 암살자는 급히 주변을 살폈다.

'헉! 놈이 눈치를 챘구나. 어디로 간 거지?'

암살자는 상수가 보통 놈이 아니라는 생각이 들었기에 더욱 조심스럽게 몸을 움직이기 시작했다.

아니, 자신이 숨어 있는 위치가 들켰다고 판단이 되자 바로 몸을 은밀히 움직이려고 했다.

그런데 어느새 그런 암살자의 뒤에는 사라졌던 상수가 나타나 있었다.

"나를 찾나? 나를 찾느라 고생하지 않아도 된다."

상수는 그렇게 말을 하고는 바로 암살자의 목을 가격하였다.

빡!

"억!"

쓰르륵.

상수는 쓰러지는 남자를 가볍게 부축하고는 자신의 차로 데리고 갔다.

남자를 뒷좌석에 던져두고는 차를 타고 바르게 이동을 하였다.

그렇게 한참을 달려 사람들이 없는 시 외곽에 도착을 하자 상수는 차를 세우고는 남자를 꺼냈다.

그리고는 놈의 품을 뒤지기 시작했다.

"총?"

그러자 곧 남자의 품에서 총기를 확인할 수가 있었다.

총에는 소음기가 부착이 되어 있는 것을 보니 아마도 지하 주차장에서 바로 저격을 할 생각이었던 모양이다.

상수는 놈의 품에 있는 모든 물건들을 꺼내 자신의 트렁크에 있는 가방을 꺼내 그 안에 넣었다.

총기는 나중에 필요할지도 몰라 가지고 있으려고 하였던 것이다.

"자, 이제 깨워 볼까?"

상수는 남자의 볼을 툭툭 치면서 갑자기 강하게 따귀를 때렸다.

찰싹!

상수의 손바닥과 마찰을 일으키니 남자는 정신이 번쩍 들었는지 눈을 뜨고 있었다.

상수는 그런 남자를 보며 조용한 목소리로 물었다.

"질문. 나를 노린 이유는?"

상수의 물음에 남자는 아직도 상황이 이해가 가지 않는 모양인지 어리둥절한 얼굴을 하고 있었다.

그러면서도 손은 은밀히 자신의 무기가 있는 곳으로 움직이고 있었다.

남자의 몸에 있던 총기는 모두 두 개였는데 이미 상수가 모두 수거를 하였기 때문에 느긋하게 남자가 하는 행동을 보고만 있었다.

"아무리 찾아도 없을 거야. 내가 이미 다 찾아서 다른 곳에 보관을 하고 있으니 말이야."

상수의 말에 남자는 얼굴에 불안감이 잔뜩 들었다.

"한 번 더 물어 볼게. 나를 노린 이유는 무엇이지?"

상수의 이번 목소리에는 이전과 달리 은은한 살기가 묻어 있었다.

남자는 그 소리를 듣는 순간에 상수가 엄청 위험한 자라는 것을 직감적으로 느낄 수가 있었다.

"나는 청부를 받아 오게 되었다. 우리가 하는 일은 청부 대상자를 죽이는 일이다."

"그래, 아주 좋아. 그러면 나를 청부한 놈은 누구지?"

"청부자는 나도 모른다. 나는 상부의 지시를 받아 움직일 뿐이다."

남자는 담담하게 대답을 하고 있었다.

하지만 남자는 모르는 것이 있는데 상수는 몸속의 혈기를 이용하면 남자가 충분히 고통을 느낄 수가 있게 해줄 수가 있다는 사실을 말이다.

"흠, 이거 실망인데. 그런 대답을 하다니 말이야. 그럼 약간의 고통을 경험하게 해 주지. 아마도 당하고 나면 절대 그런 이야기를 하고 싶지는 않을 거야."

상수는 그렇게 말을 하고는 바로 품에서 침을 꺼내 남자의 몸을 찔렀다.

물론 혈기를 이용하여서 말이다.

푸욱. 푸욱.

여러 군데를 찔러 조금의 시간이 지나자 남자의 안색이

대번에 변하고 있었다.

상수는 그런 남자를 보며 아무런 질문도 없이 또다시 침으로 찔렀다.

푸욱. 푸욱.

이번에는 처음과는 다르게 강도가 조금 강해졌다.

"으으윽!"

남자는 그래도 아직은 고통을 참을 만한지 약하게 비명을 지르고 있었다.

상수는 그런 남자를 보며 차가운 미소를 지었다.

"아직은 견딜 만할 거야. 하지만 조금 시간이 지나면 그런데 달라질 거야. 기대해도 좋아."

상수의 말이 끝나고 1분의 시간이 지났을까.

남자의 얼굴이 달라지기 시작했다.

온몸이 비틀리는 고통이 시작되었기 때문이었다.

우드득!

"크아악!"

빠드득!

"아아악!"

남자가 비명을 지르면 몸을 굴려도 상수는 아무런 표정의 변화가 없었다.

그러기를 5분.

1시간 같은 5분 후에야 상수는 다시 입을 열었다.

"다시 묻지. 누가 나를 청부하였나?"

"크윽, 이 고통을⋯ 좀⋯ 해결⋯ 을⋯ 해 줘⋯⋯."

상수는 남자의 몸을 손으로 만지며 혈기를 불러 들였다.

'돌아와.'

상수의 의지대로 혈기들은 바로 상수의 몸으로 돌아왔다.

"이제 마지막 기회라는 건 알지? 아는 것을 전부 불어야할 거야."

상수는 냉혹한 목소리로 남자를 보며 말을 하고 있었다.

남자는 자신도 암살자를 하고 있지만 지금 상수는 자신보다 더 냉혹한 킬러로 보였다.

"나는 다크 세븐에서 보낸 암살자다. 조직에서는 너 때문에 사우디에서의 일이 무너지게 되어 그동안 네놈의 처리를 고심하고 있었다. 그래서 그동안 감시를 하고 있었는데 이번에 죽이라는 지시가 내려왔다."

"다크 세븐이라⋯⋯."

상수도 다크 세븐의 존재에 대해서는 이미 알고 있었다.

하지만 이곳은 사우디가 아닌 미국이 아닌가.

이곳까지 쫓아와 복수를 하려고 하다니 그냥 넘어갈 일은 아니었다.

"좋아. 그러면 나에 대해서 알고 있는 것은 어디까지이지?"

"한국에 모친이 있는 것과 가족들이 있다는 것 정도는 이미 조직에서 파악을 하고 있다."

"……."

그 말을 듣는 순간 상수의 몸이 굳어지고 있었다.

어머니와 가족.

놈들이 자신에 대한 모든 것을 파악하고 있다는 생각이 들자 잘못하면 가족들이 위험해질 수도 있다는 생각이 들어서였다.

그렇다고 놈들과 협상을 할 수도 없는 일이었기에 상수는 깊은 고민을 하게 되었다.

남자는 상수가 갑자기 생각에 잠겨드는 것을 보고는 자신의 몸을 점검했다.

주먹에 힘이 들어가는 것을 보니 어느 정도는 몸을 움직일 수가 있을 것 같았다.

'이대로 있으면 어차피 놈에게 죽을 것이니 놈이 저렇게 방심을 하고 있을 때 공격을 하는 것이 가장 좋은 방법이겠다.'

남자는 그렇게 생각을 하고는 상수를 보았지만, 상수는 여전히 다른 생각을 하고 있는지 아무런 눈치를 채지 못하고 있었다.

순간 남자는 몸을 일으키며 주먹으로 상수를 공격하였다.

하지만 상수는 이미 남자가 공격을 하려는 것을 알고 있었다.

남자의 공격을 상수는 아주 자연스럽게 몸을 옆으로 비키며 피하고는 남자의 다리를 그대로 걸어찼다.

빠각!

"커헉!"

단 한 번의 공격이었지만 지금 공격에는 이전과 달랐다.

상수가 다리에 내기를 담아 찬 것이라 남자는 그대로 다리가 부러지며 쓰러지고 말았다.

"나를 공격하면 성공할 것 같았나 보네. 아직 나를 잘 모르는 사람들은 간혹 나를 만만히 보고 그렇게 생각을 하지. 다크 세븐이 있는 곳을 말해라."

"나도 모른다. 우리 같은 암살자에게는 절대 알려주지 않는다. 정보를 다루는 놈이라면 몰라도."

암살자들은 암살을 하다가 실패를 할 수도 있기 때문에 조직에 대한 정보를 일절 알려주지를 않고 있었다.

하지만 정보를 모으는 놈들은 그리 쉽게 구할 인재들이 아니기 때문에 어느 정도 정보를 가지고 있었다.

상수는 다크 세븐이 먼저 자신을 노렸다는 것에 화가 났다.

자신이 비록 저들이 하려고 하는 일을 방해했다지만 이는 사우디의 일이었기에 그곳에서 정리를 한 것으로 생각했는데 놈들이 이렇게 나온다면 자신도 생각을 달리해야 했다.

이대로 가만히 있다가는 한국에 있는 가족이 위험할 수도 있는 것이다.

"좋아. 네놈들이 나를 노렸으니 나도 그만한 보상을 해주도록 하지."

상수는 그렇게 결정을 하고는 남자를 족치기 시작했다.

남자가 알고 있는 모든 것을 알아내기 위해서였다.

고문이라면 누구보다도 잘할 자신이 있는 상수였기에 남자는 그런 상수에게 자신이 알고 있는 모든 사실을 다 실토하게 되었다.

"다른 암살자가 있는 정확한 위치는 나도 모른다. 하지만 연락번호는 알고 있다."

"그러면 정보원은 모른다고 하지는 않겠지?"

"나도 알고 있는 정보원은 두 명밖에 없다."

"좋아, 그러면 두 명과는 어떻게 연락을 하지?"

"두 명의 연락 방법은 각기 다르다. 하나는 전화로 연락을 하고 있지만 다른 하나는 인터넷을 이용하여 암호로 연락을 하고 있다."

남자가 암살자이기는 하지만 그래도 미국에 있는 다른 암살자는 알고 있었고 이들도 본부나 지부는 몰라도 정보원에 대해서는 알고 있었다.

상수는 그런 정보를 모두 듣고는 놈들을 역으로 추적을 할 생각이었다.

그리고 남자에게 이들이 사용하는 암호에 대해 모조리 알아내고 숙지하였다.

이는 상수의 머리가 전과는 다르게 한 번 들으면 바로 기억을 하고 있었기 때문에 가능한 일이었다.

남자는 그날 상수에 의해 조용히 세상과 하직인사를 하였고 땅속으로 영원히 사라지고 말았다.

"이제 너희가 아닌 내가 너희를 추적하도록 하지. 감히 나를 건드린 대가가 얼마나 비싼지를 두고두고 후회하게 될 거야."

상수는 한국에 계시는 어머니가 위험할 수도 있다는 생각이 들어 우선은 어머니의 안전을 먼저 챙겨야 했기에 사우디의 왕자에게 전화를 걸었다.

이번 일은 모두 사우디의 왕자 때문에 벌어진 일이었기 때문이다.

드드드.

"오, 미스터 정. 이렇게 빨리 전화가 올 줄은 몰랐습니다."

"안녕하십니까, 왕자님."

"하하하, 나야 항상 잘 있습니다. 미스터 정 때문에 이번 음모를 완전히 처리를 할 수 있게 되었습니다."

아마도 사우디에서 왕자를 노렸던 무리들이 대대적으로 숙청을 당한 모양이었다.

"저기… 왕자님 사실은 말입니다."

상수는 오늘 자신이 당한 일에 대해 왕자에게 그대로 말을 전했다.

그리고 놈들이 한국에 있는 가족들에 대해서도 알고 있다는 이야기를 하였다.

상수가 가족들에 안전 때문에 걱정이 된다는 말을 하였기에 왕자는 바로 대답을 하였다.

"우리 때문에 미스터 정이 곤란을 당하고 있다고 하니 이거 정말 미안하게 되었습니다. 미스터 정의 가족들에 대한 안전은 내가 비공식적으로 한국 정부에 부탁을 하겠습니다. 한국에도 정보기관이 있으니 그들에게 부탁을 하면 문제가 없을 겁니다."

한국의 국정원을 말하는 것이다.

상수는 국정원이 가족들을 보호하면 크게 사건이 생기지
는 않을 것으로 보고 있었다.

한국이라는 나라는 총기를 사용하지 못하기 때문에 국정
원이 주시를 하고 있다면 놈들도 쉽게 도발을 하지는 못하
게 될 것이라는 생각이 들어서였다.

"왕자님이 그렇게 해주시면 정말 감사하겠습니다."

"당연히 해주어야 하는 일입니다. 우리 때문에 미스터 정
이 곤란을 당하는 일은 없어야 하지요. 오늘 바로 전화를
하여 조치를 취하도록 하겠습니다."

왕자가 직접 부탁을 하면 국정원이 움직일 수밖에 없을
것이라는 생각이 들었다.

물론 덕분에 자신도 어느 정도 노출이 되겠지만 말이다.

그 정도는 충분히 감수를 할 생각이었다.

우선은 가족들의 안전이 먼저라고 생각이 들어서였다.

"그리고 여기 미국의 정보원을 만날 수가 있을까요?"

"미국의 정보원을요? 무슨 일로 그러십니까?"

상수는 왕자에게 놈들의 정보원에 대한 정보를 얻었는데
아직 정확한 위치를 찾을 수가 없다고 이야기를 해 주었다.

놈을 찾아야 놈들에 대한 단서를 얻을 수가 있을 것 같다
는 말에 왕자는 적극적으로 지원을 약속하였다.

"그런 일이라면 나도 적극적으로 지원을 하겠습니다. 미

스터 정."

그러면서 사우디의 비밀 요원 연락번호를 알려 주겠다고
했다.

사우디는 한국의 국정원과 같은 기관이 있었는데 그들을
사우디에서는 무캇바라(GIP)라고 부르고 있었다.

왕자는 그런 비밀 요원을 소개해 준다는 것이었다.

그리고 놈들에 대한 정보를 얻으면 자신에게도 연락을
달라고 부탁을 하였다.

그리고 가장 중요한 것은 바로 상수를 사우디의 명예시
민으로 인정을 하면서 미국에 있는 요원들을 총괄적으로
지휘를 하는 자리에 앉게 하였다.

"아니, 왕자님 그런 자리는 제가 부담이 되서 불편합니
다."

"아니에요. 우리 사우디인은 그런 지위가 없으면 협조를
하지 않으니 당분간은 그렇게 하세요. 놈들을 잡는 것이 우
선이니 말입니다."

왕자의 말을 들으니 충분히 이해를 갔다.

하지만 이상하게 거부감이 드는 이유는 그런 식으로 왕
자가 자신을 잡아 두려고 하는 것 같은 기분이 강하게 들었
기 때문이다.

하지만 우선은 저들의 도움이 필요한 것도 사실이었기에

결국 상수는 왕자의 제의를 받아들이게 되었다.

"알겠습니다. 이번은 왕자님의 호의를 그대로 받아들이 겠습니다. 왕자님."

"하하하, 잘 생각했습니다. 미스터 정이 그들을 이끌어 준다면 아마도 전보다 더 좋은 결과가 나올 것으로 생각이 듭니다."

상수는 왕자가 자신을 생각하는 것이 참 좋게만 보고 있 다는 생각이 들었다.

실질적으로는 그렇지도 않은데 말이다.

자신은 남을 생각하는 것보다는 자신을 먼저 생각하는 이기주의적인 사고방식을 가지고 있는 남자였다.

아니, 스스로도 그렇게 생각을 하고 있었고 말이다.

"아무튼 왕자님의 호의로 좋은 결과가 나오도록 최대한 노력해 보겠습니다."

"그렇게 하세요."

왕자는 그렇게 상수와의 전화를 끊고는 바로 미국에 있 는 요원들에게 지시를 내리게 하였다.

사우디의 총리이자 지금은 실질적인 권력자인 왕자의 지 시였기에 일은 일사천리로 이행이 되고 있었다.

왕자는 그렇게 지시를 하고는 크게 웃었다.

"크하하하, 미스터 정. 당신은 알라가 나에게 보내주신 정말 보배 같은 존재입니다."

무슨 의미로 그런 말을 하는지는 모르지만 상수를 나쁘게 생각하고 있지는 않은 것으로 보였다.

왕자가 말한 비밀 요원의 연락처는 금방 전달이 됐다.

사우디 무캇바라(GIP)의 책임자에게서 직접 연락이 온 것이다.

상수는 무캇바라의 책임자가 알려준 번호로 전화를 걸었다.

"여보세요?"

"사우디의 왕자님이 소개로 전화를 걸었습니다."

"아, 연락을 받았습니다. 지금 어디에 계십니까?"

상수는 자신이 있는 위치를 정확하게 알려 주었다.

위치를 들은 요원은 바로 상수에게 물었다.

"그러시면 제가 바로 그쪽으로 가겠습니다. 가서 해야 할 말도 있으니 말입니다."

"그렇게 하세요."

상수는 저들이 하고 싶은 말이 무엇인지는 모르지만 자신은 지금 들고 있는 번호를 추적하는 것이 급했다.

놈들 중에 하나라도 잡아야 추적을 할 수가 있을 것 같아서였다.

물론 그런 일을 전문적으로 하는 이들이 있기는 하지만 자신이 직접 눈으로 확인을 하고 싶어서 직접 하려고 하는 것이다.

이제는 혼자만 걸려 있는 문제가 아니었기 때문이었다.

가족들의 안위를 생각하면 절대 어설프게 행동을 할 수가 없는 일이었다.

상수는 그렇게 생각을 하며 기다리고 있으니 차량이 다가오는 것을 발견할 수가 있었다.

저녁이라 번호는 보이지 않지만 대략적으로는 윤곽을 확인할 수가 있었다.

상수가 있는 곳에 도착한 차량은 천천히 멈추었고 차의 문이 열리면서 두 명의 아랍인이 내리고 있었다.

"정상수 씨 되십니까?"

"그렇습니다. 제가 정상수입니다."

"인사드립니다. 해외파트에서 근무를 하고 있는 카일이라고 합니다."

"카본이라고 합니다. 국장님."

"예? 국장이요?"

상수는 갑자기 이들이 국장이라고 하자 놀란 얼굴을 하며 되물었다.

"미주 지역을 총괄하는 국장이라고 들었는데 아닙니까?"

카일은 상수가 이번에 새로운 미주 지역을 총괄하는 국장이 되었으니 그의 지시를 따르라는 상부의 지시를 받았다.

"아, 왕자님이 하신 이야기가 국장이 되라는 소리였군요. 무슨 말인지 알았습니다. 제가 미주 지역을 책임자라고 하시더군요."

"맞습니다. 미주 지역을 책임지시는 국장의 자리에 오르신 겁니다. 그리고 저희 사우디의 명예시민이 되셨습니다. 축하드립니다. 국장님."

상수는 묘한 자리에 앉게 되었지만 이들의 도움이 필요하기 때문에 지금은 그냥 넘어가기로 했다.

"우선 이 번호를 추적해 주세요. 놈이 어디에 있는지를 확인하고 아무도 모르게 찾아가야 하니 조심해서 추적을 해주세요."

"예, 알겠습니다. 5분만 기다리시면 됩니다."

카일은 그렇게 대답을 하고는 번호를 보며 어디론가 전화를 걸었다.

그리고 정확하게 5분 후, 카일의 핸드폰으로 문자가 왔다.

"문자가 왔습니다. 국장님."

카일은 바로 문자를 확인하고는 상수에게 보여주며 설명

을 해주었다.

"이 주소는 여기서 그리 멀지 않은 곳입니다. 차량으로 가면 20분 정도의 거리이니 지금 가시겠습니까?"

상수는 이들이 있으니 놈들을 찾는 것도 시간문제라는 생각이 들었다.

"바로 출발을 합시다."

상수는 차를 몰고 카일의 뒤를 따랐다.

어느 정도를 가자 카일은 차를 천천히 몰았고 상수는 놈이 있는 위치에 도착을 하였다는 것을 알았다.

카일의 차가 서자 상수도 차를 세웠다.

세 명의 남자는 차에서 내렸고 카일은 상수를 보며 손으로 앞에 보이는 건물을 가리켰다.

"저 건물의 3층에 놈이 있습니다. 아마도 저런 곳을 아지트로 삼을 것을 보니 추적당하면 바로 도망을 가기 위해 마련한 장소인 것 같습니다."

눈으로 보아도 충분히 그렇게 보였다.

"이제부터 내가 너희들을 잡아주지."

상수는 그렇게 이를 갈며 놈들을 대한 분노를 태우고 있었다.

제13장 정보원은 아무나 하나

상수는 놈이 도망을 갈 경우를 대비하여 카일과 카본을 놈이 도망을 갈 만한 곳이 가서 대기를 하라고 하였다.

위로는 자신 혼자 올라가려고 하였다.

상수의 지시로 둘은 도망을 갈 수 있는 곳을 차단하기 위해 움직였다.

씨익.

상수는 요원들을 그렇게 보내 놓고는 놈이 있는 곳을 보며 차가운 미소를 지었다.

건물의 입구는 출입이 쉬운 곳이었기에 상수는 별다른

제지 없이 바로 안으로 들어갔다.

상수는 3층으로 올라가서 놈이 있는 방으로 천천히 이동을 하였다.

놈이 있을 것으로 추정되는 방문 앞에 도착을 하자 상수는 바로 문고리를 잡았다.

탁.

잠겨 있는 것을 확인하고는 입가에 미소를 지으며 내기를 이용하여 문을 비틀었다.

그러자 문은 쉽게 열렸고 문이 열리자 안에는 이상한 벨이 울렸다.

에에에에엥!

상수는 놈이 문이 열리면 경보 소리가 나는 장치를 하였다는 것을 깨닫고는 혈기를 이용하여 놈이 있는 위치를 찾았다.

놈이 창문을 통해서 밖으로 나가려고 하는 것을 발견하고는 상수의 몸은 번개처럼 빠르게 움직였다.

세에엑!

놈이 창가에서 막 발을 떼고 있을 때 상수는 그런 놈의 머리를 잡을 수가 있었다.

"어디를 가려고! 이리와!"

상수는 내기를 이용하여 놈을 들어 올려 안으로 당겼다.

그리고는 바로 주먹으로 놈의 배를 가격하였다.

퍽!

"으윽!"

놈은 놀란 얼굴을 하며 상수를 보고 있었다.

"다, 당신이… 어떻게?"

암살자가 처리를 했을 거라 생각한 상수가 지금 이 자리에 있으니 남자가 놀란 것이다.

하지만 남자는 눈치가 빨랐다.

순간적인 판단으로 암살자가 당하고 자신에 대해 불었다는 사실을 깨달은 것이다.

생각이 거기에까지 미치자 남자는 불안한 얼굴이 되었다.

"우리 조용히 해야 하는 말들이 많잖아. 그치?"

상수는 차가운 미소를 지으며 남자를 보며 말을 하였다.

그때 창밑에는 카일과 카본이 도착해 있었다.

이들은 남자가 도망을 가려는 것을 보고는 긴장을 하고 있었는데 상수가 바로 남자의 머리를 잡고 안으로 끌어당기는 모습을 보고는 처리가 되었다고 판단을 하게 되었다.

상수는 카일과 카본을 보며 손으로 차를 가지고 오라는 신호를 보냈다.

카일은 그런 상수의 신호를 보고는 금방 눈치를 채고는

바로 차량을 가지러 움직였다.

상수는 카일이 움직이는 것을 보고는 차량을 가지러 갔다는 것을 알고는 놈을 보았다.

남자는 지금 배를 한 대 맞았는데 이상하게 온몸에 힘이 하나도 없어 움직일 수가 없었다.

'겨우 한 대를 맞았을 뿐인데… 어떻게 몸이 움직이지를 않는 거지?'

남자는 자신이 도망을 가려고 해도 갈 수가 없다는 사실을 알았다.

그리고 상수를 보며 암살자를 처리할 정도의 실력을 가진 사람이 왜 이런 일을 하고 있는지가 궁금했다.

남자가 그런 의문을 느끼고 있을 때 상수는 남자를 한손으로 들고는 창문을 보고 있었다.

창문에는 밑으로 내려가기 위한 사다리가 있었는데 상수는 그 사다리를 한손을 이용하여 빠르게 내려가는 것이 아닌가?

그것도 다른 한손으로는 남자를 들고 말이다.

저 정도의 완력을 유지하려면 엄청난 수련이 필요하다는 것을 카일은 알고 있었다.

'대단한 분이네. 왕자님이 특별히 생각하시는 분이라는 말을 들었는데 이제 이유를 알 것 같다.'

사우디의 왕자가 특별히 상수를 지목하며 지시를 내렸기 때문에 이들은 그 이유를 다르게 생각하고 있었다.

왕자가 상수를 특별히 지목을 한 이유는 이런 무력이 아니라 날카로운 판단력 때문이었다.

이번 왕궁의 일도 알고 보면 상수가 모든 일을 처리하였기 때문에 정리를 할 수가 있었다.

그리고 남자라면 독할 때는 독해야 하는데 상수는 정말 지독할 정도로 독한 인간이 되기도 했기 때문에 왕자는 그런 상수의 모습을 보고 이번 일에 가장 적합한 인물로 보고 결정을 내리게 되었던 것이다.

아무튼 상수는 남자를 데리고 내려왔고 카일은 남자의 손에 빠르게 수갑을 채우고는 차량에 태웠다.

상수의 일행이 사라지고 골목길은 다시 정적을 찾았다.

차에 탄 상수는 카일을 보며 물었다.

"어디 안전하게 고문을 할 수 있는 장소가 있나요?"

"예, 있습니다. 지금 바로 가시겠습니까? 국장님."

"그렇게 합시다."

수갑을 차고 있는 남자는 상수를 보고 아랍인이 국장이라고 부르는 것을 보고는 깜짝 놀라고 있었다.

아랍인은 민족에 대한 자부심이 강한 종족이기 때문에

타 종족 사람에게 복종을 하지 않았기 때문이다.

차량은 그렇게 사우디의 안전가옥을 향해 달려가고 있었다.

상수의 차는 카본이 끌고 오게 되었기에 상수는 걱정을 하지 않고 이동을 하고 있었다.

차량이 멈춘 곳은 사람들이 많이 다니지 않아 인적이 뜸한 곳이었다.

카일은 차를 몰아 주차장으로 바로 들어갔고 그 안에서 남자를 내리게 했다.

"내려라."

카일의 말에 남자는 몸을 움직이려고 했지만 이상하게 몸에 힘이 들어가지 않았다.

상수는 남자가 그런 현상을 겪는 이유를 알기에 카일에게 지시를 내렸다.

"나에게 맞아서 그런 것이니 그냥 부축을 해 주세요."

"알겠습니다. 국장님."

카일은 남자를 부축하여 건물의 지하로 데리고 갔다.

여기는 완전한 방음이 되어 있는 곳이기 때문에 아무리 비명을 질러도 외부에서는 전혀 소리가 들리지 않는 곳이었다.

철컹.

문이 열리자 카일은 안으로 남자를 데리고 들어갔다.

지하에 마련이 되어 있는 곳은 눈으로 보기에도 겁이 나게 만들어진 장소였다.

사방에 고문을 하는 기구들이 매달려 있는 것을 보는 남자의 눈에는 공포가 은은히 배어들었다.

카일은 남자의 손에서 수갑을 풀고는 지하에 있는 쇠로 만든 고리를 손목에 채웠다.

철컥. 철컥.

두 손목에 고리가 채워지자 남자는 이제 더 이상 희망이 보이지 않는 듯 모든 것을 체념한 눈빛을 하고 있었다.

하지만 상수는 그런 남자를 보면서도 차가운 눈빛을 풀지 않았다.

"우리 서로 해야 할 이야기가 참 많을 거야, 먼저 묻지. 다른 정보원이 있는 위치는?"

상수의 질문에 남자는 눈을 감아 버렸다.

상수는 이 남자를 더 이상 인간이라고 생각지 않기로 마음을 먹은 상태였다.

때문에 남자를 보는 눈빛이 점점 달라지고 있었다.

상수의 눈에서는 서서히 붉은 혈기가 자리를 잡아가고 있었다.

마치 시뻘건 눈알을 가진 뱀파이어를 보는 듯한 느낌을

강하게 주는 눈빛이었다.

"나는 남자가 그런 배짱을 가지고 있는 것을 좋아해. 부디 그 배짱을 끝까지 지키기 바란다."

상수는 그렇게 말을 하고는 품에서 침을 꺼냈다.

그런데 이번엔 한 개가 아니라 두 개의 침을 꺼내고 있었다.

이들이 자신의 가족을 위협하는 상대라는 생각을 하는 순간부터, 이들은 죽어야 하는 존재들이 되었기 때문이다.

상수는 양손에 침을 들고 남자에게 다가갔다.

상수의 손이 들린 침은 남자의 몸을 사정없이 찔러 갔다.

푸우. 푸우. 푸욱!

양손으로 침을 찌르는 상수를 보고 있는 카일은 의문스러운 눈으로 상수를 보고 있었다.

저런 침으로 찌르는 것이 무슨 고문인가 하는 그런 얼굴을 하며 말이다.

그러나 약간의 시간이 지나자 남자의 얼굴이 달라지기 시작하는 것을 보고는 카일도 놀라고 있었다.

'도대체 저게 무슨 현상이지?

카일은 그간 많은 일을 경험한 자였기에 세상에서 벌어지는 많은 것을 알고 있었지만 상수처럼 고문을 하는 경우는 정말이지 처음 보았다.

그냥 단순히 침을 찌르기만 했는데 이런 모습이라니 신기할 뿐이었다.

카일이 그렇게 생각할 무렵, 남자는 이제 본격적인 고통이 온몸을 지배하기 시작하였다.

"크아악!"

우드득! 우득!

남자의 몸에서는 신기하게도 뼈가 부러지는 소리가 들렸고 그럴수록 남자의 비명은 점점 커지고 있었다.

"으아아악! 차… 라… 리… 죽… 여… 라……."

상수는 남자의 말에 차가운 미소를 지으며 답을 해 주었다.

"아직 죽여 달라고 말할 정신이 남아 있는 것을 보니 한참 남았네."

상수는 그러면서 남자의 반응을 보고만 있었다.

남자는 온몸을 비틀면서 고통에 비명을 지르고 있었다,

"크아아악!"

약간의 시간이 지나자 이제는 남자의 입에서는 살려달라는 소리가 들리기 시작했다.

"으아아아! 살려… 주시오……."

그러나 살려달라는 말은 상수가 원하는 대답이 아니었기에 상수는 그냥 남자를 보고만 있었다.

물론 남자의 눈을 보며 고개를 흔들면서 말이다.

남자는 성호가 원하는 것이 무엇인지를 알고 있지만 자신의 생각과는 다르게 입은 따로 놀고 있었다.

"크아아악~!"

남자의 비명이 이제는 처절한 소리로 바뀌고 있었다.

카일은 남자가 저렇게 고통스러워하는 이유를 모르겠다는 얼굴을 하며 보고 있었다.

그런데 그런 카일의 눈에 보이는 것이 있었는데 남자의 몸에서 실핏줄이 보이기 시작한다는 것이었다.

얼마나 고통이 심하면 핏줄이 터지기 일보직전까지 간다는 말인가 말이다.

'정말 대단한 고문이다. 저렇게까지 심하게 고통을 느끼게 한다면 누구도 입을 열지 않을 수가 없을 것이니 말이다. 도대체 저런 방법을 어떻게 알고 있는 것일까?

카일은 상수의 고문 방법을 보며 신비한 사람이라는 생각을 하고 있었다.

자신들과는 차원이 다른 존재라는 인식을 카일은 하고 있는 중이었다.

"아아아악! 제… 발… 말을… 하겠소……."

남자는 결국 고통에 의지가 꺾였는지 말하겠다는 말을 하고 말았다.

그런 남자의 한쪽 눈에서는 피가 흐르고 있었다.

이는 이미 한쪽 눈에서는 핏줄이 터져 피가 나오기 시작했다는 것이다.

성호는 그런 남자의 앞으로 가서는 손으로 잠시 남자의 머리를 만졌다.

그러자 남자의 몸에 가해지고 있던 고통이 서서히 사라지고 있었다.

남자는 고통이 서서히 사라지자 성호를 보는 눈빛이 달라져 있었다.

완전히 공포에 젖은 그런 눈빛을 하며 성호를 보고 있었다.

"마지막 기회라고 생각하고 잘 생각하고 대답을 하기 바란다. 나는 거짓말을 참 싫어하기 때문에 한번 실험을 해보고 싶으면 해도 된다. 다른 정보원이 있는 위치는?"

"내가 아는 정보원은 두 명밖에 모르오. 모든 정보원은 두 명 이상은 위치를 알 수가 없기 때문이오."

다크 세분이라는 조직은 정말 철두철미하게 점조직으로 이루어졌다는 생각이 드는 상수였다.

"그러면 알고 있는 두 명은 어디에 있나?"

"내가 알고 있는 정보원 중에 하나는 전화로 연락을 하지만 하나는 인터넷으로 연락을 하고 있소."

상수는 남자가 하는 말을 들으면서 암살자가 하는 이야기와 동일하다는 것을 알 수가 있었다.

이들은 암살자나 정보원이나 모두 같은 방법으로 서로에게 연락을 하게 하는 모양이었다.

"자, 그러면 연락을 하는 번호는 무엇이지? 그리고 인터넷으로 하는 방법도 말하고."

상수는 남자가 알고 있는 모든 것을 말하게 하였다.

그렇게 놈들의 정보원들을 하나씩 잡으면 결국 놈들도 상황을 파악하게 될 것이고 상수가 원하는 일이 제대로 되지 않는다는 생각이 들었다.

상수는 혼자 고민을 하다가 일단은 놈들의 정보원을 잡아들이는 것이 우선이라는 생각이 들었다.

"카일, 미국에 있는 요원들이 모두 얼마나 되지요?"

"제가 알고 있기로는 모두 이십여 명이 되는 것으로 알고 있습니다."

"그래요? 그러면 그들을 모두 이번 일에 투입을 할 수 있는 건가요?"

"그거는… 아마 곤란할 겁니다. 그들도 하는 일이 있으니 말입니다."

상수는 카일의 말대로 그들도 하는 일이 있어 미국에 있는 것이지 놀려고 여기에 있는 것은 아니기 때문에 다른 방

법을 찾았지만 결국은 인원을 지원받는 수밖에 없다고 결
론을 내리게 되었다.

"본국에 연락을 해서 내가 원한다고 하면서 인원을 지원
해 달라고 하세요. 여기도 최소한 이십 명은 있어야 놈들의
손발을 자를 수가 있다고 말입니다."

상수의 지시에 카일은 놀라고 있었다.

인원을 지원하고 새로운 작전을 펼치는 것은 최소 국장
급이 되어야 할 수 있는 일이다.

비록 상수가 임시로 국장이 되기는 했지만 아직 본국에
지원을 요청할 자격은 없다고 생각했는데 자신이 잘못 생
각하고 있다는 생각이 들어서였다.

카일은 상수의 지시로 바로 본국에 연락을 하여 지원을
요청하였는데 바로 지원을 해주겠다는 승낙이 떨어지게 되
었다.

"이제 지원군이 오면 바로 아까처럼 놈들을 잡아들이도
록 하세요. 그리고 무엇보다도 가장 조심해야 하는 것은 안
전입니다. 항상 안전을 먼저 생각해 주세요. 나에게는 정기
적으로 보고만 하면 됩니다. 무슨 말인지 알겠죠?"

"예, 알겠습니다. 국장님."

상수는 카일에게 인원이 오면 놈들에 대한 대대적인 공
격을 하라고 지시를 하고는 자신은 돌아가게 되었다.

내일 다시 출근을 해야 했기 때문이었다.

그리고 상수는 솔직히 이런 잔챙이를 잡기 위해 많은 시간을 투자할 수는 없는 입장이었다.

그래서 내린 결정이 바로 카일이 알아서 놈들의 정보원을 잡아들이게 하는 방법이었다.

이미 카일은 놈들을 잡을 방법을 알았기 때문에 크게 문제가 없이 놈들을 잡을 수 있을 것으로 판단이 들어서였다.

상수는 집으로 돌아와서는 혼자 생각이 빠졌다.

다크 세븐이라는 조직과 이제는 더 이상 좋은 관계를 유지하기는 어려웠다. 이제는 놈들을 어떻게 하면 박살을 낼수 있을지를 생각해야 했다.

"놈들의 본부를 모르는 한은 계속해서 이런 일이 생기게 될 것이고 그렇다고 이런 식으로 가다가는 서로에게 피해가 생기는 일이 생기게 되는데 무슨 좋은 방법이 없을까?"

잔잔한 놈들을 잡으면 실적이야 오르겠지만 그만큼 피해를 입을 준비도 해야 했다.

놈들도 거대한 정보조직이었기 때문에 시간이 지나면 요원들의 정체를 알게 될 것이고 그러면 서로에게 좋지 않은일들이 생기게 되기 때문이었다.

상수는 놈들을 생각하면 머리가 아플 지경이었다.

"아, 오늘은 그만하자. 아주 대가리가 깨지겠다. 제기랄.

이래서 정보원은 아무나 하는 것이 아니야."

상수는 아무리 머리가 좋아졌다고 하지만 이런 일과는 동떨어진 생활을 하다가 갑자기 이상한 일에 대해 신경을 쓰려니 머리가 아파왔다.

아침에 되자 상수는 출근을 하였다.

"이사님, 어서 오세요."

미셸은 아주 화사한 미소를 지으며 인사를 했다.

"미셸은 언제 보아도 참 아름다운 미소를 가지고 있네요. 오늘도 즐거운 하루 되세요."

상수는 그렇게 말을 하고는 방으로 들어갔다.

미셸은 상수가 아름답다는 말을 하고 방으로 들어가자 정신이 잠시 비행기를 타는 기분이었다.

"이사님이 나를 보고 아름답다는 말을 해 주었어!"

미셸은 그 말이 머릿속을 맹렬히 돌고 있었다.

상수는 책상에 앉아 오늘의 일을 생각하였다.

오늘은 특별하게 처리할 문제는 없었기에 크게 상수가 해야 하는 일은 없었다.

"흠, 그럼 오늘은 우선 하버드에 대해서 조금 알아볼까?"

상수는 이제 하버드의 입학생이었기에 최소한 학교에 대한 것은 알고 있어야겠다고 생각을 하였다.

수업을 듣는 것이 아니라 인맥을 만들기 위해 오라는 학장의 말이 아직도 머릿속에 남아 있었기 때문이었다.

하기는 자신의 나이를 생각하면 애들하고 수업을 듣기에는 조금 마음이 그랬는데 학장이 그렇게 말을 해 주니 사실 조금은 고마운 생각이 들었다.

상수가 그렇게 학교에 대한 공부를 하고 있을 때 특수부는 연일 바쁘게 돌아가고 있었다.

그중에 가장 바쁘게 움직이는 사람은 바로 캐서린이었다.

캐서린은 요즘 상수가 공부를 한다는 사실을 알기에 방해를 하지 않기 위해 그 스트레스를 업무에 집중하고 있었다.

"캐서린, 그만 하고 밥이나 먹으러 가자고."

"아, 벌써 시간이 이렇게 되었네. 마안."

캐서린은 일에 신경을 쓰니 시간이 가는지도 모르고 일만 하고 있었다.

"캐서린, 요즘 이사님 때문에 그러는 거지?"

같은 여자 사원의 말에 캐서린은 그냥 웃고 말았다.

특수부에서는 대부분의 사원들이 알고 있었는데 바로 캐서린과 미셸의 쟁탈전을 말이다.

한편 부회장이 있는 사무실에서는 그의 라인들이 모여

회의를 하고 있었다.

"부회장님, 이번 계약은 우리 측에서 반드시 성사를 시켜야 합니다."

"누구를 보내는 것이 가장 좋을 것 같나?"

"제 생각에는 영업 1부의 부장이 가장 적임자라는 생각이 듭니다."

영업부의 부장들이 모두 능력이 있는 사람들이었지만 그 중에서도 발군의 실력을 가진 자는 영업 1부의 부장이었다.

아는 인맥도 많고 사람도 밝은 성격을 가지고 있어 타고난 영업맨이라는 소리를 들을 정도로 능력을 가지고 있었다.

"영업 1부장이 가면 계약을 성사시킬 수가 있다는 말이지?"

"확실히 장담을 못하지만 제 생각에는 그렇습니다."

"이번 일은 그런 판단으로는 힘들어 무조건 성사를 시켜야 하는 일이라는 말이네. 이번 계약만 성사 되면 아주 탄탄대로를 걸을 수가 있다는 이야기네."

부회장이 어떤 계약을 가지고 저러는 것인지는 모르지만 상당한 거액의 계약으로 보였다.

"이번만은 무슨 수를 써서라도 성공을 하겠습니다. 부회장님."

"좋아 믿어보겠네. 그리고 정 이사에게 보낼 여자는 어찌 되고 있는가?"

"지금 선별을 하고 있다고 합니다."

"그래 잘 골라야 할 거야. 그 친구 여자 보는 눈이 제법 높은 모양이야. 한눈에 완전히 빠지게 만들어야 하니 지성과 미모를 겸비한 여자를 생각하고 있어야 할 거야."

부회장도 눈과 귀가 있기 때문에 지금 상수 때문에 특수부의 두 미녀가 쟁탈전을 하고 있다는 이야기를 들었다.

그래서 은밀히 조사를 해보니 모두 사실이었고 두 미녀들에 대해 알아보니 사내에서도 알아주는 미녀들이라는 것을 알았다.

그런 미녀들이 추파를 던지는데도 움직이지 않을 정도라면 눈이 상당히 높거나 아니면 고자라는 생각이 드는 부회장이었다.

그래서 선택한 것이 엄청난 미녀를 골라 상수에게 접근을 하게 하려는 방법이었다.

물론 카베인에 입사를 하려면 그만한 실력도 있어야 했기 때문에 사람을 고르는데 시간이 걸리기는 했지만 아직 시간은 넉넉하다고 생각하는 부회장이었다.

말 그대로 미인계를 사용하여 상수를 자신의 라인으로 데리고 오려는 방법이었다.

"이번에는 확실하게 준비를 하고 있으니 실수가 없을 겁니다. 부회장님."

"정 이사는 솔직히 실력과 재능이 있는 친구라는 생각이 드네. 우리에게는 그런 친구가 반드시 필요하고 말이네. 그 친구가 우리에게 오면 한국의 리처드도 덤으로 온다는 사실을 명심하게. 내가 알아보니 리처드는 그 친구라면 무조건 믿고 있다고 하니 말이야."

부회장이 리처드를 거론하자 남자는 눈빛이 빛났다.

리처드는 아직 중립의 인물이지만 그 한 사람이 가지고 있는 역량은 탁월했다.

리처드로 인해 엄청난 세력을 만들 수도 있었기 때문이었다.

그만 리처드는 어느 라인도 아니면서 독자적으로 지금의 자리를 차지한 인물이었기 때문이었다.

"리처드 지사장과 한 배를 탄 인물이라면 무슨 수를 써서라도 반드시 우리 라인의 인물로 만들겠습니다. 부회장님."

"이번에는 실망을 하지 않게 해주게."

"예, 부회장님."

남자는 눈빛이 빛이 나는 것이 상당히 신경을 쓰고 있는 모양이었다.

그만큼 남자에게는 상수 보다는 리처드라는 이름이 영향력을 가지고 있었기 때문이었다.

　상수야 아직 남자가 보기에는 어려 보였지만 리처드는 아니었다.

　리처드는 이미 거물이었고 자신의 선에서 처리를 하기도 힘이 드는 인물이었기 때문이다.

　사실은 그런 리처드보다는 상수가 더 거물이라는 것을 모르는 남자였다.

　리처드도 이미 상수의 능력을 인정하고 있는 것을 말이다.

　하기야 세상은 항상 자신의 기준으로 보고 있으니 더 크게 보이지는 않는 것이지만 말이다.

　여하튼 상수는 하버드에 대한 공부를 열심히 하고는 식사를 하기 위해 일어서려고 하는데 핸드폰이 울렸다.

　"여보세요?"

　"국장님, 오늘 요원들이 입국한다고 합니다."

　"그러면 그들과 합류를 해서 놈들을 모조리 잡아들이세요."

　"예, 알겠습니다. 국장님."

　상수는 카일의 보고를 듣고는 기분 좋은 미소를 지으며 나갔다.

"식사를 하시게요?"

"예, 오늘은 나가서 식사를 하려고 합니다. 미셸도 맛난 식사를 하세요."

"예, 이사님도 맛있게 드세요."

상수는 미셸과 그렇게 인사를 하고는 나가게 되었다.

오늘 상수는 소라가 일을 할 만한 곳이 있는지를 알아보려고 나온 것이다.

나이도 어린 여자가 혼자 사는 것이 얼마나 힘든지를 상수도 어느 정도는 알고 있어서였다.

그래서 인터넷을 이용하여 나름 소라가 일할 수 있는 곳을 선별하여 알아보았기에 직접 가서 확인하려고 하였다.

제14장 소라야 직장 구했다

상수가 알아본 곳은 모두 소라가 일을 하기에는 부적합한 곳이라 상수는 실망을 하고 말았다.

소라에게는 시간이 없다고 들었는데 다른 방법을 찾아야 할 것 같아서였다.

"흠, 이거 도움을 주는 것도 쉬운 일이 아니네."

상수는 그렇게 생각을 하다가 갑자기 떠오른 생각이 있었다.

"가만! 우리 특수부에도 견습사원이 필요하잖아?"

상수는 특수부라고 해서 정사원만 있는 것은 아니었기에

하는 생각이었다.

어느 부서에도 있는 견습사원들은 시간제로 근무를 하고 있었다.

소라에게 어느 시간이 가장 좋은지를 알아내기만 하면 특수부에 배치를 해도 될 것 같았다.

견습사원 정도는 자신의 권한으로 충분히 취직을 하게 해줄 수가 있었기 때문이었다.

비록 견습이기에 대우는 정사원에 미치지 못하지만 월급도 나오고 기본적인 복리후생이 되어 있기 때문이다.

"내가 참 멀리서 찾고 있었네. 소라는 내가 여기 이사라는 것을 알고 있으니 말하기도 편하고 말이야."

상수는 자신의 머리를 한 대 치면서 멍청한 놈이라고 중얼거리고 있었다.

점심식사를 하지는 못했지만 그래도 아주 마음에 드는 해결책을 얻은 상수는 바로 특수부로 갔다.

아직 점심 식사시간이지만 사무실에는 캐서린과 일부 사원들이 편하게 휴식을 취하고 있는 중이었다.

상수는 그중에 캐서린을 보고는 아주 잘되었다는 생각을 하게 되었다.

"캐서린, 바빠요?"

상수의 목소리에 캐서린과 사원들의 고개가 돌려졌고 상

수가 자신들을 보고 있다는 사실을 알고는 빠르게 자리에서 일어서고 있었다.

"이사님, 이 시간에 여기는 어떻게?"

회사의 간부들은 대부분 이 시간에는 각자의 일을 보기 때문에 사원들이 있는 사무실에는 오지 않았다.

이들도 개인의 시간이 있는 것을 알기 때문이었다.

하지만 캐서린은 상수가 자신을 불러주었다는 생각에 얼굴이 화사하게 변해 있었다.

캐서린의 변화무쌍한 얼굴에 직원들은 혀를 둘렀지만 캐서린에게는 중요한 일이 아니었다.

"아, 내가 갑자기 궁금한 것이 있어서 찾아온 겁니다. 시간이 되면 잠시 이야기를 좀 할 수 있을까요?"

"네에, 저야 항상 시간이 대기하고 있으니 말씀하세요. 이사님."

"우리 특수부에는 견습사원이 없나요?"

"우리 부서는 아직 없습니다. 그런데 무슨 일로 견습사원을 말씀 하세요?"

상수는 캐서린을 보며 자신이 하버드에 가서 있었던 일에 대해 이야기를 해주었다.

같은 동포 사람 중에 아직 나이가 어린 여학생이 있는데 지금 집안의 사정이 좋지 않아 직장을 구하지 못하면 사는 집도 나가야 하고 잘못하면 학교도 그만두어야 하는 사정이 생겼는데 이를 도와줄 방법을 찾아보니 자신의 회사에 견습사원을 시켜주었으면 어떤가라는 생각이 들어 묻는 것이라고 말이다.

'응? 이사님 스타일이 혹시 영계들을 좋아 하는 건가?'

캐서린은 상수의 이야기를 모두 듣고는 처음에는 이상하게 생각을 하였다가 상수의 눈을 보고는 진심이라는 것을 알게 되었다.

"상대가 누구인지는 모르지만 견습사원을 뽑는 것은 이사님의 권한으로도 충분히 할 수 있는 일입니다. 저희 특수부에도 견습사원이 필요하고 말입니다."

각 부서에서는 견습사원을 세 명까지는 뽑을 수가 있었는데 특수부는 아직 견습사원 없이 부서를 이끌어 나가고 있는 중이었다.

그러니 자리가 3개 있는 것이다.

"그래요? 다행이네요. 고마워요. 캐서린."

상수는 캐서린을 보며 고마운 눈빛을 보내며 인사를 해주었다.

"별말씀을요, 이사님."

상수는 캐서린에게 인사를 돌아갔지만 캐서린의 눈길은 여전히 상수의 그림자를 쫓고 있었다.

부서원들은 그런 캐서린을 보며 황당한 표정들이 되었지만 말이다.

이들은 근래 들어 캐서린이 얼마나 많은 일을, 열심히 하고 있었는지를 잘 알고 있었다.

그 때문에 방금 전까지만 해도 파김치가 되어 늘어져 있었었다.

그런 캐서린이 상수를 보자 바로 환한 얼굴이 되어 멍한 모습을 보이자 놀란 것이다.

"저기 저 여자가 캐서린이 맞아?"

"응, 맞기는 한데 조금 다른 캐서린 같아."

"그렇지? 우리가 아는 캐서린이 아닐 거야. 캐서린은 저런 모습이 아니었으니 말이야."

직원들은 너무도 달라진 캐서린의 표정을 보고 수군거리고 있었다.

하지만 캐서린은 아직 상수에 대한 생각을 하느라고 그런 주변의 수군거림조차도 들리지가 않았다.

상수는 자신의 사무실로 돌아와서는 바로 소라에게 전화를 걸었다.

아름다운 멜로디가 들리며 신호가 갔다.

─여보세요?

소라는 전화를 받는 목소리도 참 귀여운 목소리였다.

"소라는 아직 내 전화번호를 저장하지 않은 거니?"

상수가 소라의 목소리를 듣자 바로 물었다.

―아, 오빠. 어떻게 연락을 하셨어요?

소라는 자신이 번호를 준 기억도 하지 못하는지 놀란 목소리로 물었다.

상수는 소라의 사정을 알기에 지금 소라가 어떤 심정인지를 이해하고 있었다.

"너한테 좋은 소식 하나 전하기 위해 전화를 걸었다."

―네에? 좋은 소식이라뇨?

"우리 회사에 취직을 시키려고 하는데 소라가 언제 가장 편한 시간인지를 몰라서 연락했어."

상수는 그러면서 소라에게 카베인의 견습사원에 대한 이야기를 해 주었다.

한참 동안 설명을 모두 들은 소라는 목소리가 촉촉하게 젖어들고 있었다.

―저, 정말로 카베인의 견습사원으로 취직을 할 수가 있는 거예요?

"그래, 내가 책임지고 있는 부서에서 일을 하게 할 생각인데 소라가 가장 편한 시간이 언제인지를 알려고 전화를 걸은 거야. 언제가 가장 좋아?"

—흑흑, 저… 야… 아무… 때나… 다 좋아요.

소라는 결국 눈물을 흘리고 말았다.

상수는 지금 소라가 너무 기뻐서 우는 것을 알았다.

자신은 덩치가 작아서 알바를 구하려고 하여도 구해지지가 않았기에 사실 걱정이 많았다.

그리고 가장 큰 문제는 한국으로 돌아가려고 해도 지금 소라에게는 돌아갈 돈도 없는 상태였기 때문이다.

"좋은 소식을 전하는데 울면 어떻게 하니. 그만 울고 소라가 공부도 하고 일도 할 수 있는 시간대가 언제가 가장 좋은지를 말해 주면 내가 그 시간대에 근무를 하게 해줄게."

소라의 입장에서는 정말 좋은 조건이었고 그렇게만 된다면 더 이상 바랄 것이 없었다.

학교 공부도 마쳐야 하고 돈도 필요한 것이 지금 소라의 입장이었다.

소라는 상수의 말대로 자신이 가장 편하게 할 수 있는 시간을 생각해 보았다.

아무리 생각을 해도 오후의 시간이었다.

—저는 오후 시간이면 언제든지 좋아요. 오전에는 학교의 공부를 하고 오후에 일을 하면 저녁에 공부를 할 수 있으니 말이에요."

"그래? 그러면 내일부터 출근을 할 수가 있는 거니?"

—예! 그럼요. 오늘부터라도 바로 출근을 할 수 있어요.

"오늘은 이미 늦었으니 내일부터 출근을 하도록 하자. 회사에 오면 급료에 대한 이야기를 하자. 무슨 말인지 알겠지?"

—네네, 내일부터 출근을 하라는 말이잖아요. 카베인은 저도 알고 있으니 내일 바로 찾아 갈 수가 있어요. 정말 감사합니다. 정말 고마워요. 오빠.

소라는 진심으로 자신을 구렁텅이에서 빠져나오게 해준 상수에게 고마워하고 있었다.

상수는 소라에게 가장 좋은 시간이 오후라고 들어서 소라를 내일부터는 오후 시간에 부서에 배치를 할 생각이었다.

원래 견습사원은 하루 중에 반나절만 일을 하기 때문이었다.

시간제 알바와 비슷하게 일을 할 수도 있었기에 상수는 소라가 그저 편하게 일을 하고 돈 때문에 학업을 포기하지 않기를 바라고 있었다.

상수는 소라와 통화를 마치고는 바로 미셸을 불렀다.

"미셸, 잠시 이야기 좀 해요."

"예, 이사님."

상수의 비서인 미셸은 어지간하면 부르지 않은 상수가 부르지 아주 기쁜 얼굴을 하며 들어왔다.

상수는 그런 미셸을 보며 질문을 하였다.

"우리 특수부에 견습사원을 뽑으려고 하는데 내일부터 오후에 출근을 하게 할 거예요. 미셸은 내일부터 견습사원이 근무를 할 수 있게 부서에 연락을 해 주세요. 그리고 견습사원은 월급이 어떻게 되나요?"

"이사님, 저희 회사는 월급이 아니라 견습사원도 마찬가지로 전부 연봉으로 계약을 하게 되어 있습니다."

"그래요? 그러면 견습사원들의 연봉은 얼마나 되나요?"

"그거야 하루에 몇 시간이나 일을 하는가에 따라 달라지지요."

상수는 자신이 아직 회사의 기본적인 정책도 제대로 알지 못하고 있다는 생각이 들었다.

그저 외부의 일만 신경을 쓰다 보니 정작 자신이 알고 있어야 하는 일에는 하나도 모르고 있다는 것을 알게 되자 솔직히 미셸에게 창피했다.

아무튼 소라 덕분에 상수도 그런 내부적인 사항에 대해 알게 되었다.

그리고 소리가 받아야 하는 임금에 대한 결정도 결국 자신이 한다는 사실을 알게 되었다.

그래서 남들이 받는 금액을 확인을 해보고 그보다는 많이 주기로 결정을 내렸다.

"내가 소개를 했으니 다른 사람보다는 많이 받는다는 소리를 들어야지."

상수는 그렇게 생각을 하고는 바로 처리를 해버렸다.

그렇게 하면 소라도 생활을 조금 넉넉하게 할 수가 있을 것이라는 생각이 들어서였다.

물론 일처리는 상수가 하는 것이 아니라 미셸이 모두 하고 있지만 말이다.

그런 상수를 호출하는 일이 생겼다.

"이사님, 회장님이 지금 바로 회의실로 오시라는 호출입니다."

"그래요? 알았어요."

상수는 피터슨 회장이 자신을 찾는 이유가 궁금해하며 회장실로 갔다.

회장실에는 자신만 있는 것이 아니라 제법 많은 간부들이 모여 있었다.

상수가 입장을 하자 피터슨은 만면에 미소를 지으며 상수를 반겨주었다.

"어서 오게."

"회장님이 부르시는데 최대한 빨리 와야지요."

상수는 그렇게 말을 하며 분위기를 살폈다.

분위기가 그리 험악한 것이 아니라는 생각에 심각한 문제는 아니라고 판단이 들었다.

상수는 그렇게 생각을 하며 자신의 자리로 가서 앉았다.

피터슨은 상수가 자리에 앉자 천천히 입을 열었다.

"자, 이제 올 사람은 다 온 것 같으니 시작하도록 하지."

그러자 한 중년의 남자가 가장 먼저 일어섰다.

"먼저 다들 바쁘신 와중에 예정에도 없던 미팅에 참석해 주셔서 감사합니다. 오늘 모이게 된 것은 다른 것이 아니라 영업부에서 추진하려고 하는 계약 때문입니다."

그러면서 설명을 하기 시작하였는데 지금 영업부는 부회장 라인의 부서다.

그렇다 보니 지금 이 미팅은 부회장 라인 측 움직임에 대비한 회장 라인의 모임인 것이다.

'쩝, 어느새 난 회장 라인이 된 모양이네.'

지금 영업부에서 이집트에서 계획 중인 대단위 설비 공사에 대한 입찰을 준비하고 있다는 이야기였다.

입찰이라는 것이 생각처럼 쉬운 문제가 아니었기 때문에 카베인에서도 상당히 신경을 쓰이는 일이었다.

그리고 그 계약을 성사시키기 위해 지금 영업 1부장이 직접 해외로 파견을 나가 있는 상태라는 말도 덧붙였다.

"…때문에 우리 쪽에서도 그에 걸맞은 공사를 수주해야합니다! 그렇지 않으면 겨우 회장님 쪽으로 몰려 있던 주주들의 지지가 부회장 쪽으로 움직일 수도 있습니다."

미팅은 이집트 쪽이야 이미 파견을 나가 있는 사람이 있으니, 영업부에 맡기고 그에 준하는 공사를 알아보게 되었다.

하지만 지금 당장 이집트에서 벌이는 설비공사보다 더 규모가 큰 공사를 찾기가 쉽지 않았다.

"…부회장의 라인에서 추진하려는 계약 건보다 커다란 계약이 있는지를 알아보게 되었고 엄청난 이득이 걸린 공사를 찾을 수가 있었습니다."

"……!"

"바로 여기입니다!"

탁!

남자는 그렇게 말을 하면서 자신의 뒤를 가리켰다.

그러자 불이 꺼지면서 등 뒤의 스크린이 작동을 하였는데 거기에는 카자흐스탄이라는 나라의 지도가 펼쳐져 있었다.

"카자흐스탄? 거기서 그런 규모의 공사가 있다는 말은 못 들었는데?"

피터슨 회장이 자신조차 잘 알지 못하는 정보인지 남자

에게 되물었다.

"네, 회장님. 카자흐스탄입니다. 제가 극비리에 얻은 정보로는 지금 카자흐스탄 정부는 나라 경제를 살리기 위해 내년도 예산을 대폭 산정해 엄청난 공사를 준비하고 있습니다."

"흠, 공사 규모가 크다지만 카자흐스탄의 재정으로는 감당하기 힘들 텐데요. 자칫 공사를 수주해도 우리한테 남는 게 없을 수도 있습니다."

카자흐스탄이라는 말에 상수의 옆에 앉아 있던 재무담당이라는 명찰이 있는 임원이 말했다.

"네, 여러분들도 잘 알고 있는 것처럼 카자흐스탄은 아직 여러모로 부족한 나라입니다. 심지어 공사비를 떼어먹을 염려도 있는 곳입니다. 때문에 카자흐스탄 정부에서는 공사비 자체를 카자흐스탄의 석유개발권으로 대체한다고 합니다."

"호, 석유개발권이라면……."

"네, 카자흐스탄은 중앙아시아의 사우디아라비아라고 할 정도로 매장량이 풍부한 곳입니다. 저들이 직접 개발할 기술력이 없기 때문에 이렇게라도 해서 개발을 하려는 것입니다. 향후 석유 개발까지 염두에 둔다면 이집트 공사는 아무것도 아니게 될 것입니다."

남자가 하는 말은 회사를 위해 카자흐스탄에서 새로운 대단위 공사를 받자는 것이었지만, 요지는 세력 균등이었다.

결국에는 회장과 부회장의 전쟁이라는 말이었다.

이집트의 공사건을 부회장이 성사시키면 회장의 입지가 좁아질 테니 이쪽에서도 다른 공사를 성사해서 균형을 맞추자는 이야기였다.

'결국 둘의 싸움에 다른 사람들이 피터지게 싸우라는 말이네? 결국 이득은 자기네들이 가지고 밑에 있는 이들만 죽어라 고생을 하라는 말이잖아?'

상수는 이런 일로 회의를 하는 것을 보며 참으로 한심하다는 생각을 하게 되었다.

이들은 회사를 다니는 직장인이 아니라 무슨 정치 단체 같은 느낌을 강하게 받는 상수였다.

솔직히 말해서 자신은 저런 인간들과 같이 움직이고 싶지가 않았다.

하지만 피터슨 회장의 도움을 받은 바가 있으니 이도 어렵게 되었기에 상수는 지금 참고 있는 중이었다.

"자, 그러면 이번 계약을 어떻게 성사를 시킬지에 대한 구체적인 회의를 하지."

피터슨은 확실히 사람을 끄는 남자였다.

그의 한 마디에 모든 이구동성으로 이야기하던 사람들의 시선이 그에게 향하게 하고 있으니 말이다.

가장 중요한 것은 바로 때인데 피터슨은 언제 자신이 말을 해야 하는지를 잘 알고 있었다.

그래서 적절한 시간에 한 마디만 하고 있었지만 그로 인해 일은 일사천리로 진행이 되고 있는 것이다.

상수는 그런 피터슨을 보며 확실히 배울 것이 많은 사람이라는 생각이 들었다.

'확실히 회장은 아무나 하는 것이 아닌 모양이네. 밑의 사람들이 자발적으로 일을 할 수 있게 만들어 주면서도 자신을 믿게 하는 저 카리스마는 정말 배우고 싶게 만드네.'

상수는 그렇게 회의 내용과는 상관없는 생각을 하고 있었다.

오늘 모여 하는 회의는 자신에게 하나도 득이 없는 그런 이야기라는 생각이 들어서였다.

공사든 계약이든 단독으로 해야 이득이 있는 것이지 이렇게 야합을 하게 되면 결국 힘들게 일을 성사를 시켜도 모두 한 발을 걸쳐 두었기 때문에 얻는 것은 없게 되기 때문이었다.

"이번 계약은 특수부에서 했으면 합니다. 회장님."

"특수부에서 그동안 여러 건의 계약을 모두 성사를 시켰으니 지금으로서는 가장 가능성이 높다고 생각합니다."

상수는 가만히 있으면 개고생만 할 것 같아서 결국 입을 열게 되었다.

"우리 특수부에서 모든 계약을 하게 되면 다른 부서에 근무를 하고 있는 이들이 어떻게 생각을 하겠습니까? 저는 이번 일은 다른 부서가 주관하였으면 합니다. 회사를 위하는 일이니 이번에는 저희 특수부도 협조하겠지만 주관이 되지는 않을 생각입니다. 솔직히 눈치도 보이고 말입니다."

사실 상수가 그동안 한 계약 때문에 특수부만 줄기차게 보너스를 받았기 때문에 전 사원들이 그런 특수부를 선망의 눈으로 보고 있다는 사실을 여기 모여 있는 모든 이들이 알고 있는 일이었다.

그런데 상수의 말대로 이번 계약도 특수부가 나서 처리를 하게 되면 이도 문제가 될 수 있다고 보였다.

그래도 특수부에서 협조를 하겠다고 하였으니 다행이기는 했다.

상수의 발언에 피터슨도 인정을 하는지 고개를 끄덕였다.

모든 계약을 특수부가 나서서 하게 되면 회사가 돌아가는 기분이 특수부가 되기 때문이었다.

"나는 특수부 이사의 말도 일리가 있다고 보는데 어떤

가?"

"예, 저도 일리가 있다고 봅니다."

간부들은 상수가 포기를 선언하자 눈빛이 달라지고 있었다.

이번 건은 말 그대로 엄청난 계약이기 때문에 성사만 되면 단번에 명성을 쌓을 수 있는 기회이기도 했기 때문이다.

하지만 상수는 회장 라인에 속한 인물들을 보며 참 한심하다는 생각을 했다.

누가 선별이 되어도 자신과는 상관이 없었기에 편안한 표정으로 돌아가는 상황을 주시했다.

회의를 마치고 돌아온 상수는 가장 먼저 한국에 있는 리처드에게 전화를 걸었다.

지금 회사가 돌아가는 것을 보니 답답한 기분이 들어서였다.

자신의 직장이었기에 이런 생활을 원한 것이 아니었기 때문이다.

드드드.

"여보세요?"

"리처드, 정상수입니다."

"오, 정 이사님 어쩐 일이십니까?"

"예, 그냥 답답한 기분이 들어 전화를 하였습니다."

상수는 리처드와 통화를 하면서 회사의 분위기에 대한 이야기를 하게 되었다.

리처드도 카베인이 돌아가는 분위기를 잘 알고 있는 인물이었기에 상수가 하는 이야기의 요점이 무엇인지를 바로 알아듣고 있었다.

"내가 카베인에서 혼자 몸으로 지금의 위치에 올 수 있었던 비결이 무엇인지 아십니까?"

상수는 리처드의 말에 귀가 솔깃했다.

"그 비결이라는 것이 어떤 겁니까?"

"다른 것이 없었습니다. 나는 그냥 내가 옳다고 생각하는 길을 걸었을 뿐입니다. 그리고 지금의 자리에 있는 것이고요."

리처드의 말을 들으니 상수는 자신이 이런 갈등을 할 필요도 없다는 생각이 들었다.

자신도 마찬가지로 자신의 길을 걸으면 되기 때문이었다.

지금까지 그렇게 해왔는데 회의를 갔다 와서는 마음이 흔들렸다는 생각이 들자 상수는 스스로 반성을 하게 되었다.

"역시 리처드와 통화를 하니 아주 마음이 시원해졌습니다."

"생각이 정리가 된 것 같네요?"

"예, 답답함이 완전히 사라지게 되었습니다."

"그렇다면 다행입니다. 정 이사님."

상수는 리처드와 통화를 하고 나서는 다시 기분이 살아났다.

리처드는 상수가 방황하지 않기를 바랐다.

자신이 상수를 카베인의 본사로 보낸 이유도 스스로의 능력을 깨달아서 더욱 큰 세계로 나가기를 바라는 마음에서이지 저런 일로 갈등을 하는 것은 원하는 일이 아니었기 때문에 조언을 해 주었던 것이다.

"간간히 이런 전화를 할지 모르겠습니다. 그때마다 조언 부탁할게요."

"하하하, 그런 부탁이라면 언제든지 하세요. 제가 할 수 있는 범위 안에서는 언제든지 해드리지요."

리처드의 대답에 상수는 입가에 미소를 지었다.

"고맙습니다. 리처드."

"별말씀을 하십니다. 아무튼 여기서 이사님의 이야기를 들으니 아주 좋습니다. 사우디에 가서서 큰 계약을 하셨다는 이야기도 들었습니다."

리처드가 갑자기 사우디에 대한 이야기를 하자 상수는 다크 세븐 놈들이 생각이 났다.

카일에게 알아서 처리를 하라고 지시는 하였지만 어차피 자신이 개입이 되어 있는 문제였기에 자신의 손으로 마무리를 해야겠다는 생각을 하게 되었다.

"덕분에 조금 바빠지기는 했습니다."

"아무튼 축하드립니다. 앞으로도 더욱 발전이 있기를 바랍니다. 정 이사님."

"예, 그렇게 해야지요. 한국 지사 분들에게 항상 좋은 소식이 가도록 하겠습니다."

상수는 그렇게 리처드와 대화를 마치고는 잠시 자신이 흔들렸다는 것을 반성하게 되었다.

리처드는 누구의 도움도 없이 스스로의 힘으로 지금의 자리를 지키고 있는 인물이었고 카베인에서도 그런 리처드를 아주 높게 보고 있었다.

그만큼 사람들에게 믿음을 주고 있는 인물이라는 이야기였다.

특히 하부에 있는 사람들은 리처드를 거의 영웅처럼 생각을 하고 있었는데 이는 리처드가 바로 그 하부 출신으로 지금의 위치에 오른 입지전적인 인물이었기 때문이었다.

리처드는 항상 자신의 인맥을 중시하였고 스스로 엄하게 통제를 하며 생활을 하였기에 어떤 부조리도 그에게는 없었다.

그러니 밑의 사람들도 부조리가 없었던 것이고 말이다.

상수는 리처드에 대한 생각을 하다가 자신도 그렇게 할 수 있다는 자신감을 찾았다.

리처드와는 비교도 되지 않는 능력을 가지고 있으면서 이런 고민을 하였다는 자체가 자신에게 믿음을 가지지 못해서 일어난 것이라 생각이 들었다.

"정상수 이제는 그런 못난 생각을 버리자. 앞으로는 정상수의 길만 보고 걸어가자."

상수는 스스로 그렇게 생각을 정리하고 있었다.

앞으로의 일이 어떻게 변해도 상수는 영원히 상수로 남을 것이라는 생각을 하면서 말이다.

제15장 이제부터 시작이다

상수가 리처드의 조언으로 이제부터 시작이라는 마음으로 자신의 길을 걷기 시작하니 특수부의 직원들이 오히려 환호를 하며 좋아했다.

물론 상수가 자신만의 길을 간다고 해서 피터슨 회장과 완전히 척을 지는 것은 아니었다.

회장이 원하는 것을 반대하는 것이 아니라 자신이 원하는 대로 가고자 하는 것이었다.

아직은 상수에게 자신만의 길을 고집할 수 있는 힘이 없었기 때문이다.

그리고 또 하나.

특수부에 새로운 활력소가 들어왔는데 바로 소라였다.

하버드 재학생이고 상수에게 소라의 사정을 듣고 나서는 모두가 그런 소라를 자신의 여동생처럼 따뜻하게 대해 주고 있었다.

소라도 그런 관심이 싫지는 않은지 시간이 지나면서는 평소의 성격이 나오기 시작했고 특수부에서 유일하게 이름을 부르지 않고 오빠라고 불러주는 특수부의 여동생으로 자리를 잡아가고 있었다.

소라에게는 상수도 오빠. 다른 직원들도 오빠로 통했고 여자들은 전부 언니로 통하게 되었다.

물론 회사의 위계질서가 있는 곳이기에 다른 곳에서는 통하지 않겠지만 특수부는 상수가 대장이기 때문에 가능한 일이었다.

소라가 상수의 여동생이라는 말이 있었고 상수도 그런 소라를 특별하게 챙겨주고 있어서였다.

"호호호, 첼리 오빠는 무슨 생각을 그렇게 골똘히 하세요?"

"아, 소라구나. 오늘은 바쁘지 않니?"

"예, 오전 수업 마치고 바로 온 거예요."

"그래, 소라 참 열심히 살고 있네. 항상 그렇게 밝은 미소를 지으면 살았으면 좋겠다."

이런 광경이 특수부의 일반적인 모습이었다.

이들이 소라의 환경을 알고는 대부분이 소라를 아껴주고 있어서 다른 부서의 남자들도 소라에게는 함부로 하는 이가 없을 정도였다.

소라의 문제는 이상하게 특수부 남자들과 여자들도 똘똘 뭉쳐 대항을 했기 때문이다.

그 덕분에 다른 부서에서는 특수부는 완전 다른 회사의 팀이라는 소리를 하기도 했지만 말이다.

상수는 갑자기 걸려온 전화 때문에 얼굴이 심각하게 되어버렸다.

카일의 전화였는데 놈들을 처음에는 쉽게 잡아들였는데 오늘은 조금 사고가 생기는 바람에 사망자가 발생하였다는 보고를 받았기 때문이었다.

정보원이 있는 장소로 가니 놈들이 함정을 파고 자신들을 기다리고 있었다는 말을 듣고는 이대로 있을 수가 없었다.

"이제 놈들이 우리에 대해 알게 되었다는 말인데 그렇다면 조금 더 강하게 몰아쳐야겠다. 지들이 그렇게 하는데도 나오지 않으면 다른 방법을 찾아야겠지만 미국 내의 조직은 확실히 무너지게 할 수가 있으니 우리에게도 나쁜 일은 아니지."

상수는 그렇게 생각하며 회사를 나가고 있었다.

바로 안가로 이동을 하고 있는 중이었다.

상수는 회사의 일 중, 급하게 처리를 해야 하는 것들은 빠르게 정리를 하였고 소라도 이제는 자신이 없어도 안정적으로 자리를 잡은 것 같아서 스스로 일어서기를 바라고 있었다.

남의 도움으로 성장하면 본인의 힘이 아니기 때문에 결국 누군가에게 의지하게 된다. 상수는 길을 찾아주기는 하지만 나머지는 소라가 스스로 처리하기를 바라고 있었다.

안가에 도착한 상수는 카일의 안내를 받으며 안으로 들어가게 되었다.

"어서 오십시오. 국장님."

안에는 많은 요원들이 있었는데 모두 19명의 남자들이 눈빛을 빛내면 있었다.

"모두 편하게 앉아서 내가 하는 말을 듣기 바랍니다. 이번 사건으로 죽은 동료들의 시체는 본국으로 보내서 아주 후한 장례식을 하도록 해주세요. 그리고 지금 놈들이 최후의 발악을 하고 있는 것 같으니 이제부터는 나도 함께 움직이도록 하겠습니다. 지금까지 잡은 놈들은 어떻게 처리를 하고 있지요?"

"예, 지금 지하에 가두어 두고 있습니다. 개중에 일부는 죽는 바람에 뒤뜰에 그냥 묻어 두었습니다."

아마도 고문을 당해 죽은 사람이 있는 모양이었다.

상수는 고개를 끄덕이며 카일을 보며 입을 열었다.

"우선 지하로 갑니다. 안내하세요."

카일은 상수가 특이한 능력을 가지고 있다는 사실을 알기에 바로 상수를 지하로 안내를 했다.

"예, 국장님."

카일이 지하로 안내를 하고 상수가 뒤를 따르는데 그런 상수의 뒤로 모든 인원들이 천천히 따라오고 있었다.

이들은 상수가 아주 특이하게 고문을 한다는 소문을 들었기에 직접 눈으로 확인을 하고 싶어서 오는 중이었다.

지하에 도착을 하자 카일은 철문을 열었다.

철컹.

끼이잉.

철문이 기괴한 소리를 내면 열리자 그 안의 모습을 볼 수가 있었다.

안에는 10여 명의 남자가 있었는데, 얼마나 심한 고문을 당했는지 몰골이 말이 아니었다.

상수는 절로 인상이 써졌지만 이들의 입장도 충분히 이해를 하고 있었기에 다른 말은 하지 않았다.

"카일, 저들 중에 누가 가장 신분이 높은가요?"

"저들은 자신의 신분에 대해 모르는 모양입니다. 제가 보기에는 모두 비슷한 신분을 가지고 있는 것 같습니다. 아직 간부로 보이는 자를 잡지 못한 것 같습니다."

상수는 정보원을 추적하며 최소한 미국에서 일을 하는 간부들 중에 하나는 잡을 것으로 보았는데 그렇지 않았기에 조금은 실망이 되었다.

이들의 실력이라면 그 정도는 될 것으로 예상을 했는데 말이다.

그렇다고 실망만 하고 있을 수는 없으니 상수는 이들 중에 가장 몸이 성한 남자를 찾다가 한 남자의 눈빛이 심상치 않다는 것을 보고는 바로 카일을 불렀다.

"카일, 저 남자는 누구지요?"

"아, 마지막에 잡은 놈입니다. 하도 반항을 해서 조금 힘들기는 했지만 그래도 놈을 생포하기는 했습니다."

"그래요? 지금 당장 저 남자를 데리고 옆방으로 오세요. 내가 직접 조사를 할 것이 있으니 말입니다."

상수는 그렇게 말을 하고는 바로 옆방으로 가고 있었다.

지하에는 모두 세 개의 방이 있었는데 하나는 고문을 하는 방이었고 하나는 지금 있는 곳으로 가두어 두는 곳이었다.

그리고 마지막으로 있는 방은 대화를 나누는 방이었기에 안에는 제법 탁자와 의자가 구비가 되어 있는 방이었다.

물론 사방은 벽으로 되어 있어 도망을 간다는 생각은 하지 못하는 구조였다.

상수는 그 방에 들어가서 놈을 기다렸다.

눈빛을 보는 순간 상수는 놈이 여기 모여 있는 놈들 중에 가장 높은 신분이라는 것을 확신하고 있었다.

놈이 무슨 일로 속이고 있는지는 모르지만 자신의 눈을 속일 수는 없었다.

문이 열리면서 카일이 놈과 함께 방으로 들어왔다.

"국장님, 데리고 왔습니다."

"저기에 앉히세요."

상수는 자신의 건너편에 있는 의자를 보며 지시를 하였다.

카일은 바로 놈을 의자에 앉게 하고는 놈의 뒤에 가서 섰다.

상수는 앉아 있는 남자를 보니 비록 고문으로 인해 얼굴이 피폐해지기는 했지만 나이는 40대 초반의 나이로 보였다.

"이름이 어떻게 되지요?"

상수의 질문에 남자는 날카로운 눈빛을 하며 상수를 보았다.

국장이라는 호칭을 들었기에 남자는 상대가 상당한 인물이라고 판단이 들어서였다.

그런데 남자는 상수를 보는 순간에 그를 바라보던 눈빛이 이상해졌는데 상수는 그런 남자의 눈빛을 놓치지 않고 보고 있었다.

'호오, 나를 알고 있어?'

상수는 남자의 눈에 자신을 알고 있는 것을 발견하고는 이거 잘만 하면 대박이라는 생각이 들었다.

"우리 좋게 이야기를 하고 싶은데 협조할 생각이 없는 건가요?"

"그대가 어떻게 살아있는 거지? 상부에서는 죽이라고 암살자를 보낸 것으로 알고 있는데 말이야?"

남자는 상수를 보는 순간에 대강 이번 일을 파악을 하고 있는 모양이었다.

"당신은 나를 알고 있군요. 다크 세븐이 철저한 점조직으로 운영이 되고 있어 본부를 찾기가 쉬운 일이 아니라서 말입니다. 그래서 안을 살펴보니 당신이 가장 높은 위치에 있는 분이라서 조용히 모시게 한 겁니다."

상수의 말에 남자는 눈이 이채를 지었다.

자신의 신분에 대해서는 여기 잡혀온 이들이 알고 있는 사람이 없었기 때문이었다.

이들은 모두 그냥 평범한 정보원이었고 그런 자들이 자신에 대해 알 수가 없었기 때문이었다.

"그대는 누구인가? 사우디의 일도 그대 때문에 모조리 무너졌다는 이야기를 들었는데 말이야."

남자는 상수를 보며 느긋하게 물었다.

"저는 당신들이 조사를 한 그대로 한국인입니다. 그리고 저도 당신들과 이런 일로 만난 것을 그리 좋게 생각지를 않습니다. 사우디에서의 일은 당신들이 먼저 나에게 약을 사용하였기 때문에 벌어진 일이지요. 덕분에 사우디에서는 당신들에게 의뢰를 한 왕자도 잡혔고 말입니다. 저는 먼저 당신들을 공격하지 않았습니다. 항상 당신들이 먼저 저를 공격하여 지금의 상황이 되게 만들었던 것이지요."

상수의 설명에 남자는 고개를 끄덕였다.

상수의 말대로 사우디에서의 일도 그렇고 미국에서도 마찬가지로 자신들이 먼저 공격을 한 것이 사실이었기 때문이다.

"맞는 말이군. 우리가 먼저 공격을 하여 우리를 적으로 만들게 하였으니 말이야. 나에게 듣고 싶은 이야기가 있는 가?"

"말이 통하는 분이기를 바랍니다. 저는 당신이 알고 있는 다크 세븐에 대한 모든 것을 알고 싶습니다."

"내가 말을 하면 나에게는 무슨 혜택이 있는가?"

남자는 상수를 보는 순간에 이상하게 협조를 해야 살 수가 있다는 생각이 강하게 들었다.

그렇지 않으면 자신은 절대 살아남을 수가 없을 것이라는 생각이 강하게 뇌리를 자극하고 있어서였다.

아마도 본능적으로 죽음에 대한 판단이 드는 모양이었다.

상수는 그런 남자를 보며 조용히 대답을 해주었다.

"당신이 우리에게 협조를 하면 추후 다크 세븐이 당신에 대해 추적을 하지 못하도록 해주겠습니다. 물론 신분도 새롭게 세탁을 해야겠지요."

상수의 대답에 남자는 희미한 웃음을 지었다.

"아직 우리 조직에 대해서 아는 것이 없는 모양이군. 신분은 아무리 세탁을 해도 나는 결국 조직의 그늘에 걸리게 되어 있네. 이는 다크 세븐에 가입을 하는 순간에 그렇게 되어 있다는 말이네. 왜 그런 것인지를 알고 있는가?"

상수는 남자의 말에 갑자기 떠오른 생각이 있었다.

"칩?"

남자는 상수의 대답에 놀란 눈빛을 하고 있었다.

"호오, 바로 대답을 하는 것을 보니 어느 정도는 알고 있다는 것이군. 다크 세븐에 가입을 하면 제일 먼저 위치를 추적할 수 있는 칩을 몸에 내장을 하게 되네. 누구는 머리에 누구는 손에 누구는 발에 각기 다른 곳에 칩을 달게 되니 그러니 머리에 있는 놈과 같이 조사를 하면 상대는 칩을 절대로 찾을 수가 없는 것이고 말이야."

상수는 남자의 말을 들으며 이제야 이들이 함정을 어떻게 팔 수 있었는지를 알 수가 있었다.

이들의 비밀 중 하나를 알았으니 그에 대한 대처를 하면 되는 일이었다.

상수는 급하게 움직일 생각이 없었다.

천천히 조금씩 놈들에게 접근을 하여 단번에 놈들의 목줄을 쥐려고 하는 것이다.

그렇게 해야 놈들을 완전하게 사라지게 할 수가 있었기 때문이었다.

"잠시만 그대로 있어 보세요."

상수는 남자에게 그렇게 말을 하고는 품에서 침을 꺼내 남자의 몸을 찔렀다.

따끔. 따끔.

남자는 아프지는 않았지만 약간 따끔거리는 것에 눈살을 찌푸렸다.

카일은 뒤에서 보고 있었기에 지금 남자를 고문하기 위해 침을 사용한 것으로 생각했다.

'아, 오늘도 이상한 방법으로 고문을 하시려고 하는구나. 도대체 저런 기술을 어디서 배운 것일까?'

카일은 그렇게 의문을 느끼고 있을 때 상수는 혈기를 이용해 남자의 몸을 천천히 확인을 하고 있었다.

남자의 몸에 칩이 있다면 자신이 혈기를 이용하여 찾을 수가 있다는 생각이 들어서였다.

상수가 그렇게 한참의 시간을 칩을 찾고 있을 때 남자는 이상한 느낌을 강하게 받고 있었다.

무언가 몸속으로 다니는 것이 있다는 느낌을 강하게 받고 있었다.

'응? 이게 무슨 일이지? 왜 이런 느낌이 드는 거지?'

남자는 상수가 침을 찌르고 나서는 이상한 느낌이 계속 들기 시작하자 상수가 지금 무언가를 자신의 몸에서 하고 있다는 생각이 들기 시작했다.

상수는 혈기를 이용하여 남자의 몸을 뒤지고 있었는데 아직도 칩을 발견하지 못해 이상하게 생각이 들었다.

　'사람의 몸에 이식을 하는 칩이라면 크기가 엄청나게 작게 만들었을 것이다. 그렇다면 몸에 있는 것이 아니라 놈들은 뼈에 이식을 한 것이 아닐까? 그렇게 하면 위험도 그만큼 줄어 들 것이고 말이야.'

　상수는 그렇게 생각을 하고는 남자의 몸속에 있는 뼈를 중심으로 조사를 하였다.

　역시나 상수는 오래지 않아 남자의 몸에서 칩을 발견할 수가 있었다.

　자신의 예상대로 놈들은 뼈에 칩을 이식시켜 두었던 것이다.

　칩을 발견하자 상수는 칩에 대한 호기심이 생기게 되었고 칩을 자세하게 살피게 되었다.

　아직 전자에 대한 지식은 보편적인 것만 알고 있어 정확하게는 모르지만 칩의 크기로 보아 엄청난 과학력을 가지고 있는 조직이라는 생각이 강하게 들었다.

　'인간의 몸속에 이런 칩을 심을 수 있을 정도의 과학력을 가지고 있는 놈들이 있다는 것만 해도 대단한 놈들이라는 것을 알 것 같다.'

　상수는 혈기로 칩을 제거할 수도 있지만 그렇게 하면 남

자는 따로 수술을 받아 칩을 완전히 제거를 해야 몸에 부작
용이 없어지기 때문에 이중으로 일을 하는 일이었기에 우
선은 혈기를 다시 회수를 하였다.

『덤비지마!』 5권에 계속…

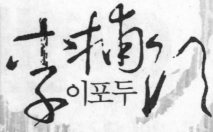

노주일 新무협 장편 소설

FANTASTIC ORIENTAL HEROES

청어람이 발굴한 신인 「노주일」
그가 선사하는 즐거운 이야기!

내 나이 방년 스물셋. 대륙을 휘몰아치는 전쟁에서
간신히 살아남아 고향으로 돌아왔다.
사실 전쟁은 이미 이기고 지는 건 문제도 아니었다.
단지 전후 협상만이 탁상공론으로 오고 갔을 뿐.
하지만 전쟁터에서는 항시 사람이 죽어 나갔다.
이유도 알지 못한 채 그냥.
그러던 차에 전후 협상처리가 되고 나서 전역했다.
그리고는 곧장 뒤도 돌아보지 않고 고향으로!

『이포두』

내 가족과 내 친구가 있는 곳으로!

Book Publishing CHUNGEORAM

유행이 아닌 자유추구 -
WWW.chungeoram.com

허담 新무협 판타지 소설

FANTASTIC ORIENTAL HEROES

수선경

水仙經

작은 샘이 바다로 모여들 듯,
만류의 법이 하나로 회귀하듯,
다섯 개의 동경이 드디어 하나로 모인다.

검을 만드는 사람과
검을 쓰는 사람,
그리고 검을 버리는 사람의 이야기!

천명을 타고 태어난 **청풍**과 **강검산**
그리고 혈로를 걸어온 살수 **타유**,
그들이 다섯 줄기의 피의 숙명과 마주한다.

Book Publishing CHUNGEORAM

유행이 아닌 자유추구 -
WWW. chungeoram.com

요람 新무협 판타지 소설
FANTASTIC ORIENTAL HEROES

국내 최대 장르문학 사이트를 휩쓴 화제작!
여름의 더위를 깨뜨리며 차가운 북방에서 그가 온다.

『귀환병사』

열다섯 나이에 북방으로 끌려갔던 사내, 진무린
십오 년의 징집을 마치고 돌아오다.

하지만 그를 기다린 것은 고아가 된 두 여동생, 어머니의 편지였다.
그리고 주어진 기연, 삼륜공……

"잃어버린 행복을 내 손으로 되찾겠다!"

**진무린의 손에 들린 창이 다시금 활개친다.
그의 삶은 뜨거운 투쟁이다!**

Book Publishing CHUNGEORAM

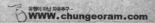
유행이 아닌 자유추구—
WWW.chungeoram.com

FANTASTIC ORIENTAL HEROES

용훈 新무협 판타지 소설

무림공적, 천살마군 염세악!
검신 한호에게 잡혀 화산에 갇힌 지 백 년.

와신상담… 절치부심… 복수무한…

세월은 이 모든 것을 잊게 하고
세상마저 그를 잊게 만들었다.
하지만.

"허면 어르신 함자가 어찌 되시는지……"
우연한 만남, 자신도 모르게 튀어나온 원수의 이름.
"그게… 한, 한호일세."

허무함의 끝에서 예기치 않게 꼬인 행로.
화산파 안[in]의 절세마인, 염세악의 선택!

Book Publishing CHUNGEORAM

동행이 아님 지음아구
WWW. chungeoram.com